Nadja Fendrich
Die Vampirschwestern black & pink
Vampirjagd beim Schulfest

Alle Abenteuer der Vampirschwestern black & pink:

Band 1: Halbvampire wider Willen
Band 2: Vollmondnacht mit Fledermaus
Band 3: Sturmfrei zur Geisterstunde
Band 4: Wolfsgeheul um Mitternacht
Band 5: Nachtflug mit Oma
Band 6: Nachteulen im Museum
Band 7: Vampirjagd beim Schulfest

die Vampir Schwestern

black&pink

Vampirjagd beim Schulfest

Geschrieben von Nadja Fendrich
nach einer Idee von Franziska Gehm

Illustriert von Dagmar Henze

Band 7

Loewe

www.vampirschwestern.de

ISBN 978-3-7432-0518-5
1. Auflage 2020

Umschlag- und Innenillustrationen: Dagmar Henze
Umschlaggestaltung: Ramona Karl
Printed in the EU

www.loewe-verlag.de

Inhalt

Nachtbus mit Schnarchluft

Irgendwo im Nirgendwo zwischen Transsilvanien und Deutschland fuhr ein schwarzer Bus durch die Dunkelheit. Überall im Bus schliefen die Menschen. Angelehnt an ihren Nachbarn, an die Scheibe oder an die Kopfstütze.

Eigentlich alles normal, dachte Busfahrer Basti Bullock und nahm einen Schluck aus seinem Kaffeebecher. Im Rückspiegel sah er ganz hinten, auf der letzten Bank, zwei Mädchen. Silvania und Dakaria Tepes. Ihre Namen hatte er auf den Tickets gelesen. Die beiden waren nicht ganz normal, fand Basti.

Laut Geburtsdatum waren sie achteinhalb Jahre alt und Zwillinge, denn sie waren am selben Tag geboren. Das war nicht ungewöhnlich. Allerdings sahen sie sich überhaupt nicht ähnlich. Die eine hatte lange blonde Haare, die andere kurze schwarze. Die eine trug einen Rock, die andere Hosen. Die eine hatte ein Buch vor der Nase, die andere Kopfhörer auf den Ohren.

Basti Bullock dachte sich auf seinen langen Fahrten gerne Geschichten zu seinen Fahrgästen aus. Und diese Mädchen hatten etwas Besonderes an sich. Hatte er sie schon mal im Kino gesehen? Vielleicht waren sie Schauspielerinnen? Oder Töchter von berühmten Schauspielern? Oder Enkelinnen von berühmten Schauspielern? Basti Bullock hatte leider nicht viel Fantasie und er dachte sich immer aus, dass seine Gäste irgendwie berühmt und vielleicht Schauspieler waren.

Aber die Zwillingsschwestern in seinem Bus waren weder berühmt noch Schauspielerinnen. Selbst wenn Basti Bullock viel Fantasie gehabt hätte, wäre er *nie* hinter das Geheimnis der Mädchen gekommen: Ihr Vater war kein berühmter Schauspieler, sondern ein Vampir und ihre Mutter war keine berühmte Schauspielerin, sondern ein Mensch. Und deshalb waren die Zwillingsschwestern Halbvampire!

Dakaria Tepes, die nur Daka genannt werden wollte, lag auf dem Rücken auf der Sitzbank und starrte durch die riesige Rückscheibe in die Nacht.

„Voll der Fumpfs! Echt unfair, dass wir nicht fliegen dürfen“, maulte sie.

Silvania Tepes sah von ihrem Buch auf. „Wieso? Ist doch bequemix hier. Wir haben die letzte Bank bekommen und können uns sogar ausstrecken."

„Das könnte ich beim Fliegen auch. Und ich hätte frische Luft", grummelte Daka.

Silvania zuckte mit den Schultern und las weiter. Im Bus war es ziemlich dunkel, aber das machte ihr nichts aus. Als Halbvampir konnte sie auch nachts gut sehen.

„Als Halbvampir muss man nachts fliegen. Nicht in Bussen sitzen", zischte Daka.

„Pst, wenn uns jemand hört!", zischte Silvania zurück.

„Die schlafen doch alle. Es ist ultimo langweilig." Daka machte ihren Vampiplayer an und stellte ihre Lieblingsband lauter. *Krypton Krax* war einfach die coolste Band der Welt. Daka blickte wieder hinaus in die Nacht. Plötzlich tauchte eine schwarze Gestalt am Himmel auf. Daka zog Silvania am Rock und zeigte durch die Scheibe.

Silvania lächelte und winkte.

Draußen flogen ihr Vater, Mihai Tepes, und ihre

Mutter, Elvira Tepes, hinter dem Bus her. Also Mihai flog und trug Elvira dabei auf seinem Rücken. Mihai winkte grinsend zurück, während Elvira sich an ihren Mann klammerte. Der nahm ihre Hand und flog dann steil nach oben. Die Zwillinge sahen kurz Elviras zappelnde Beine und dann waren ihre Eltern verschwunden.

„Wieso wollte Papa unbedingt mit Mama fliegen und nicht mit mir?“, beschwerte sich Daka. „Mama sieht nicht sehr glücklich aus. Die hätte mit dir den Bus nehmen sollen.“

Silvania seufzte. „Du verstehst einfach nichts von Romantik."

„Doch, ich weiß, dass du einen Tick hast. Du liest zu viele Liebesromane." Daka streckte ihrer Schwester die Zunge raus.

„Haha, sehr witzkik", schmollte Silvania. „Papa will seine Frau persönlich nach Deutschland fliegen. Ist doch boibine!"

„Mama wollte *allein* nach Deutschland, aber auf einmal mussten wir alle mit." Daka schaltete den Vampiplayer aus.

„Tja, und wieso? ‚Mit Familie' stand auf der Einladungskarte zum Treffen aller ehemaligen Schüler", erklärte Silvania.

„Ja, schon", meinte Daka. „Aber Mama wollte doch lieber allein zu dem Schulfest. Und dann wollte Papa unbedingt mit. Weil er Angst hat, dass Mama ihre große Liebe von früher trifft und die ihr schöne Augen macht."

Silvania richtete sich auf. „Mamas Augen sind schön genug."

Daka kicherte. „Mama war in die Limobrause verliebt."

Silvania schnaubte. „Der heißt nicht Limobrause, sondern Timo Krause. Und Mama war *früher* in ihn verliebt, vor hundert Jahren."

„Ph, Mama ist gerade mal 37", widersprach Daka. „Mama kann vor hundert Jahren noch gar nicht verliebt gewesen sein. Bei Papa wäre das möglich. Er ist 2672 Jahre alt."

„Ist doch egal, das sagt man so. Mama war ganz ganz früher mal in Timo Krause verliebt, aber jetzt liebt sie nur noch Papa."

„Ist doch eh klarox", murmelte Daka.

„Und ich freu mich, dass wir mit nach Deutschland dürfen. Wir treffen Oma und Opa und können uns mal eine Schule in Deutschland ansehen. Die ist bestimmt ganz anders als in Bistrien", ergänzte Silvania.

„Hmpf, Schule. Ultimo spannend", grummelte Daka.

„Definitivo spannender als ein Wochenende ganz allein zu Hause in Bistrien", fand Silvania.

Daka war sich da nicht so sicher. Sie hatten ihre Großeltern Oma Rose und Opa Gustav Wagenzink, Elviras Eltern, schon ein paarmal in Deutschland besucht. Daka fand das Leben in Deutschland anstrengend. Nicht wegen der Sprache (Daka konnte neben Vampwanisch sehr gut Deutsch sprechen), sondern wegen der Menschen. In Transsilvanien lebten sie in der unterirdischen Vampirstadt Bistrien und dort gab es nur Vampire. Und die wussten, dass die Familie Tepes ein bisschen anders tickte. Dass Elvira ein Mensch und die Schwestern Halbvampire waren. Aber in Deutschland durfte niemand erfahren, dass Mihai ein Vampir und Silvania und Daka zwei Halbvampire waren.

Nicht einmal Opa Gustav wusste Bescheid. Daka hatte mal vorgeschlagen, Opa Gustav wenigstens zu verraten, dass sie Halb*menschen* waren, aber Elvira und Oma Rose waren strikt dagegen. Opa Gustav hatte ein schwaches Herz und durfte sich nicht zu sehr aufregen. Es reichte schon, dass er einmal in der Woche Fußball schaute. Er war großer Fan des FC Bindburg.

„Mir ist so langweilig“, jammerte Daka. „Außerdem wird mir hier hinten ublix. Und die Luft ist so muffelig.“

„Hallo? Du sagst doch immer, du bist fast ein Vollvampir. Vampire lieben muffige Luft“, wunderte sich Silvania.

„Aber keine Schnarchbusluft.“ Daka sah sich um und entdeckte oben in der Decke ein Fenster. Kurz entschlossen flog sie hoch und stieß die Luke auf.

„Daka, bist du snips?“, zischte Silvania. „Wir dürfen nicht fliegen, setz dich sofort wieder hin.“

Daka zuckte mit den Schultern und hielt ihre Nase unter die Luke. Mit der kühlen Nachtluft flatterte ein kleiner Falter in den Bus, den sie sich sofort schnappte und in den Mund steckte. Dann flog sie zurück auf die Sitzbank.

„Daka, du musst dich an die Regeln halten“, flüsterte Silvania streng.

Ihre Mutter hatte für das Leben unter Menschen strenge Regeln aufgestellt.

„Jaja. Wir dürfen nicht fliegen, nicht flopsen, keine frechen Fliegen futtern, auch keine Falter oder Spinnen, wir müssen uns eincremen, unsere Eckzähne feilen ...“ Daka seufzte. „Blax, blix, blux ... ich kann es nicht mehr hören. Hier schlafen alle, keiner hat mich gesehen.“

„Und der Busfahrer?“, fragte Silvania, die erschrocken feststellte, dass der Busfahrer sie durch den Spiegel beobachtete.

„Gumox. Der hat mich nicht gesehen“, behauptete Daka, die sich aber nicht sicher war und beschloss, sich für eine Weile unauffällig zu verhalten. Sie schloss die Augen und versuchte zu schlafen, was ziemlich schwierig für einen Vampir in der Nacht ist. Auch für einen Halbvampir.

Fledermaus-Express

Silvania lehnte ihren Kopf an Dakas Schulter und schaffte es, ein wenig einzunicken. Auch Daka hatte das Gefühl, müde zu werden, als plötzlich etwas an ihrem Ohr flatterte und flüsterte: „Ey, Daka, schläfste du mitten in de Nacht?“

Daka schlug die Augen auf. „Fled Ex! Was machst du denn hier?“

Hinter den Vampirschwestern hockten zwei Fledermäuse. Eine größere mit einer Postmütze, das war Fled Ex, die Postfledermaus, und eine kleinere mit einer Kappe, das war Kobix, die Fledermaus der

Familie Tepes. Kobix machte ein Praktikum bei Fled Ex, denn er wollte später ebenfalls eine Postfledermaus werden.

Auch Silvania war von dem Flattern und Fiepen geweckt worden. Sie blinzelte. „Kobix, was machst du denn hier?“, fragte sie verblüfft.

„Typisch Zwillinge. Denke immer das Gleiche, sage immer das Gleiche.“ Fled Ex rollte mit den Augen. „Was mackte ihr denn hier, kann i au frage!“

„Wir fahren zu Mamas Schulfeier nach Deutschland“, sagte Silvania und schnappte sich Kobix, um ihn zu streicheln. „Ich hab dich so vermisst“, flüsterte sie in sein weiches Fell.

„Wir mussen hier Post verteile. Habte ihr no nit gemerkt, dass ihr nit seid die einzige Vampyri in diese Busse?“, fragte Fled Ex.

Die Zwillinge schüttelten erstaunt den Kopf und blickten nach vorn. Eine sehr blasse Frau drehte sich um und zwinkerte ihnen zu.

„Kobix, du musste ube. Bringe die Frau da die Poste“, befahl Fled Ex.

Die kleine Fledermaus zog einen Brief aus Fled Ex’ Posttasche und flatterte damit zu der Frau. Die steckte Kobix zum Dank eine Fliege in den Mund und winkte grinsend. Dabei glänzten ihre Eckzähne im Mondlicht.

„Echt shuspektoi, dass wir die Vampirfrau nicht bemerkt haben“, meinte Daka.

„No, das iste tutti kompletti normalo“, sagte Fled Ex. Er kam aus Italien und sprach viele Sprachen, oft alle auf einmal. „Ihr musste wisse, dass i viele Zeitunge ausfliege und viel weiß. Fled Ex weiße alles! I habe neuli gelese, dass immer mehr von die Vampire lebe unentdeckt unter die Mensche.“

„Das ist doch nicht neu“, bemerkte Silvania. „Opa Gobol lebte monatelang auf einer griechischen Insel

unter Menschen. Keiner von denen merkte etwas, bis Opa Gobol aus Versehen Zaziki aß und an einer Knoblauchvergiftung erkrankte."

„No, du verstehste nit, Silvania. Gibt es Mensche, die nit wisse, dass sie Vampire sind!", flüsterte Fled Ex.

„Hä?", machte Daka. „Wie soll das denn gehen? Es gibt Vampire, die nicht wissen, dass sie Vampire sind?"

„Claro. Naturli", behauptete Fled Ex.

„Hui, hui", fiepte Kobix. Anders als Fled Ex beherrschte Kobix die Sprache der Menschen nicht. Auch nicht die der Vampire.

„Kobix sagte, dass wir weiterfliegen musse", übersetzte Fled Ex. „Er lernte sehr gut. Aber claro, bin i ja au der beste Lehrer."

Die beiden Fledermäuse flatterten hoch. Fled Ex zog etwas aus seiner Posttasche. „Hier, eine Zeitung fur euch. Damit ihr au so schlau werde konnt wie i!"

„Datiboi, Fled Ex", bedankte sich Daka. „Azdio, Kobix!"

„Ciao, ihr Sutzis! Goodbye, au revoir, auf Wiedersehen!“, rief Fled Ex, so leise er konnte.

Silvania schickte Kobix einen Luftkuss und schon waren die beiden Fledermäuse aus der Dachluke geflattert.

„Glaubst du das?“, fragte Daka.

„Dass Fled Ex alles weiß?“ Silvania kicherte.

Daka verdrehte die Augen. „Fled Ex ist echt der größte Angeber. Aber ich mag ihn. Und es ist ultimo nett, dass er Kobix beibringt, wie man Post ausfliegt.“

Silvania nickte. „Logix. Aber das mit den Vampiren, die nicht wissen, dass sie Vampire sind, kann ich mir nicht vorstellen.“

Daka schüttelte den Kopf. „Man merkt doch, dass man anders ist. Man will fliegen, hat dauernd Lust auf Wurst, vor allem Blutwurst …“ Sie leckte sich die Lippen und zog ein paar Knallkäfer aus ihrem Rucksack, die sie genüsslich futterte.

Silvania schlug die Zeitung auf, die Fled Ex ihnen dagelassen hatte, und blätterte darin. „Schlotz zoppo!“, rief sie auf einmal.

„Was fürn Popo?“, murmelte jemand im Schlaf.

„Nicht so laut“, warnte Daka.

„Hier steht, dass Vampirjäger auf dem Vormarsch sind“, flüsterte Silvania.

Daka wurde noch blasser, als sie ohnehin schon war. „Was?“

„Einer wurde in Transsilvanien gesichtet und von der Vampolizei gefangen genommen. Aber es soll auch welche in Deutschland geben“, sagte Silvania und sah sich verstohlen um. „Stell dir vor, hier wäre ein Vampirjäger im Bus.“

Daka stand auf und schlich durch den Gang des Busses. Sie schaute sich die schlafenden Menschen an. Jeden einzelnen. Einer hatte viele Haare. Einer wenig. Eine hatte eine Brille, eine einen Schal. Einer roch nach Parfum und einer …

„Buärg!“ Daka würgte und flopste, so schnell sie konnte, zurück auf die hinterste Bank.

„Daka, wir dürfen nicht flopsen!“ Silvania schüttelte den Kopf. Flopsen war eine Art sehr schnelles Hüpfen und Fliegen gleichzeitig.

Daka rang nach Luft. „Der könnte ein Vampirjäger sein. Er hat Knoblauch gegessen."

„Die Menschen essen oft Knoblauch. Das heißt noch nicht, dass sie Vampire jagen." Silvania legte die Zeitung weg. „Ich glaube, das ist alles Gumox. Früher gab es mal Vampirjäger, aber heute nicht mehr."

„So wie es keine Vampire gibt?" Daka grinste schief.

In dem Moment wurde es draußen ein kleines bisschen heller.

„Die Sonne geht langsam auf. Lass uns schlafen“, murmelte Silvania und kuschelte sich an Daka, der ebenfalls die Augen zufielen. Und so verschliefen die Vampirschwestern den Rest der Fahrt und wachten erst in Bindburg wieder auf.

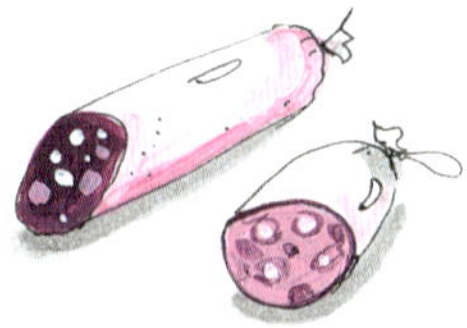

Sarg mit Quark

„Aij, die Sonne scheint“, beschwerte sich Silvania, die zuerst die Augen aufschlug und schnell eine Sonnenbrille aufsetzte.

Daka träumte noch von einem Vampirjäger, der mit einer Knoblauchpistole hinter ihr herrannte.

„Pompfe!“, rief sie erschrocken.

„So schlimm ist die Sonne auch nicht“, sagte Silvania und schüttelte Daka an der Schulter. „Wir sind in Bindburg angekommen.“

Müde und verschlafen nahmen die Vampirschwestern ihr Gepäck und stolperten aus dem Bus. Daka wäre fast hingefallen, wenn sie nicht im letzten Moment ein kleines Stückchen hochgeflogen wäre.

„Huhu, ihr Lieben!“, rief da eine bekannte Stimme.

„Oma Rose!“ Silvania freute sich so sehr, ihre Oma zu sehen, dass sie ihr in die Arme flopste. „Oh, Skyzati, wir dürfen ja nicht flopsen.“

„Njoppi Problemski“, flüsterte Oma Rose Silvania ins Ohr. „Hat keiner gemerkt.“ Sie lernte seit einiger Zeit Vampwanisch, obwohl es eine der kompliziertesten Sprachen der Welt war. Aber für Oma Rose war nichts zu kompliziert. Ihre Tochter wollte allein Urlaub in Transsilvanien machen? Bitte. Sie hatte sich dort in einen Vampir verliebt? Warum nicht? Ihr Mann durfte von alldem nichts wissen? Es gab Schlimmeres. Nur dass ihre Enkelinnen so weit weg waren, das fand Oma Rose kompliziert, und sie träumte davon, dass die Familie Tepes eines Tages nach Deutschland zog. Am besten nach Bindburg. Warum nicht?

„Schön, dass ihr da seid“, sagte Oma Rose. „Und jetzt schnell nach Hause. Eure Eltern sind schon da und Elvira hat sich sofort aufs Sofa gelegt. Sie schläft. Jetzt ist euer Vater allein mit Opa Gustav."

„Oh, oh", machte Silvania und beeilte sich, in Oma Roses Cabrio einzusteigen.

„Wieso? Papa ist doch nett?", wunderte sich Daka und setzte sich auf den Beifahrersitz.

„Das schon. Aber ihr kennt euren Vater. Er denkt oft nicht nach und verrät vielleicht aus Versehen, dass er ein Vampir ist." Oma Rose startete den Wagen.

„Ups, stimmt.“ Daka grinste. „Oder er beißt Opa aus Versehen in den Kneck.“

Oma Rose wurde blass. Fast noch blasser als die Vampirschwestern.

„Daka macht Witzkis, Oma.“ Silvania klopfte ihrer Oma von hinten auf die Schulter. „Papa würde nie einen Menschen beißen. Schon gar nicht seinen Schwiegervater.“

„Na, dein Wort in Draculas Ohr“, meinte Oma Rose und fuhr eine rasante Kurve.

Die Vampirschwestern genossen die Fahrt in dem Cabrio, auch wenn sie die Sonne etwas nervte. Silvanias lange Haare flatterten unter ihrem Sonnenhut und Daka fuhr mit offenem Mund.

„Wieso hast du den Mund so weit offen?“, fragte Silvania.

„Damit mir ein paar Mücken zwischen die Zähne fliegen. Ich habe Hunger“, antwortete Daka.

„Ihr wisst doch, dass es bei uns immer ein schönes Frühstück mit Brötchen und viel Blutwurst gibt.“

Oma Rose zwinkerte Daka zu und bog in die Schillerstraße ein, wo die Großeltern Wagenzink im dritten Stock eines Altbaus wohnten. „So, bitte aussteigen. Wir sind da.“

„Schon?“ Silvania war gerade auf der Rückbank ein wenig eingeschlafen.

Daka sprang über die Tür, ohne sie zu öffnen, auf die Straße.

„Daka, nicht fliegen“, mahnte Oma Rose.

„Hallo? Ich bin nicht geflogen. Ich bin einfach nur sportlich“, motzte Daka scherzhaft, doch dann verging ihr das Lachen. „Büärg, wie riecht es denn hier?“

Auch Silvania hielt sich die Hand vor den Mund und zeigte auf eine kleine Frau mit einem Einkaufskorb, die neben den parkenden Autos stand und zu den Zwillingen herübersah. Mit finsterem Blick musterte sie die Mädchen. Dabei murmelte sie etwas und fingerte an dem Kreuz an ihrer Halskette herum.

Silvania war der Blick der Frau unangenehm. Und noch etwas war unangenehm. Es roch stark nach …

„... Knoblauchknollen – ich muss gleich spuipate!“, rief Daka.

Silvania entdeckte den Knoblauch in dem Korb der Frau.

Oma Rose folgte ihrem Blick. „Das ist Kati Knobel. Die hat auch an Elviras Schule unterrichtet und war nicht gerade beliebt. Ich glaube, sie ist immer noch Lehrerin.“ Oma Rose nickte der Frau kurz zu. „Und jetzt schnell nach oben.“

Das ließen sich die Vampirschwestern nicht zweimal sagen. So schnell sie ohne Fliegen und Flopsen vorwärtskamen, liefen sie zum Haus und rannten die Treppen hoch. Nur weg von diesem Knoblauchgestank.

In der Wohnungstür erwartete Opa Gustav sie bereits. „Meine lieben Enkelinnen, wie schön, dass ihr da seid.“

„So nett hast du mich aber nicht begrüßt, mein lieber Gustav“, beschwerte sich Mihai, der im Flur stand. „Hattet ihr eine gute Fahrt?“, fragte er seine Töchter.

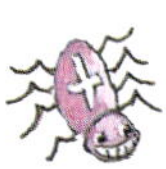

„Also ich verstehe nicht, warum ihr nicht alle zusammen geflogen seid, mein lieber Mihai“, brummte Opa Gustav. „Du fliegst mit deiner Frau und lässt deine Mädchen mit dem Bus fahren.“

„Ja, genau, Papa. Warum durften wir denn nicht mit*fliegen*?“ Daka betonte besonders das *Fliegen*.

„Wie auch immer“, flötete Oma Rose und scheuchte ihren Mann, ihre Enkelinnen und ihren Schwiegersohn an den Frühstückstisch.

„Wollen wir nicht Mama wecken? Sie hat bestimmt Hunger“, meinte Silvania.

„Lass sie ruhig schlafen. Außerdem gab es auf dem Flug sicher ein leckeres Essen“, sagte Opa Gustav.

„Ein paar der Nachtfalter waren tatsächlich sehr bissfest und schmackhaft“, stimmte Mihai zu.

Opa Gustav sah Mihai stirnrunzelnd an. „Nachtfalter?“

„Äh, Papa meint Nachtessen!“, rief Silvania. „Das sagt man bei uns zu Abendbrot.“

„Noch etwas Leberwurst, Opa Gustav?“ Daka reichte ihrem Opa den Wurstteller. „Sehr gerne. Es

geht doch nichts über Wurstbrötchen zum Frühstück, nicht wahr, Mihai?“ Opa Gustav sah Mihai zufrieden an.

„Da stimme ich dir zu, lieber Schwiegervater“, brummte der.

Opa Gustav lächelte. Auch wenn ihm Mihai oft komisch vorkam, so hatten sie doch viele Dinge gemeinsam. Sie liebten Wurst. Und … Opa Gustav überlegte.

„Elvira!“, rief Oma Rose.

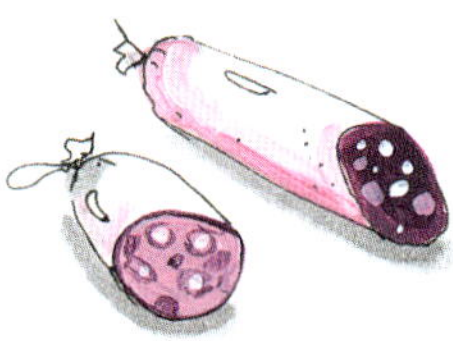

Genau, dachte Opa Gustav. Sie liebten beide Wurst und Elvira! Konnte seine Frau Gedanken lesen?

„Guten Morgen“, sagte Elvira, die in die Küche kam und sich an den Tisch setzte.

„Puh, mir tut alles weh. Dieser Flug war echt anstrengend“, murmelte sie.

Oma Rose schenkte Elvira Kaffee ein.

„Es ist auch wirklich sehr wenig Platz in diesen Flugzeugen“, sagte Opa Gustav verständnisvoll.

„Es geht doch nichts über eine bequeme Autofahrt. Das ist im Übrigen auch etwas besser für das Klima.“ Opa Gustav gehörte ein Autohaus und für ihn ging nichts über eine Autofahrt. Fliegen fand er völlig unnötig. Vor allem auf der Wurst. Da saß nämlich eine kleine Fliege. Bevor Opa Gustav sie wegscheuchen konnte, hatte sich Daka die Fliege geschnappt.

„Du kannst Fliegen mit der Hand fangen!“, staunte Opa Gustav. „Na, dir nimmt keiner die Wurst vom Brot.“

Daka winkte mit ihrer geschlossenen Hand. „Ich werfe die Fliege aus dem Fenster“, behauptete sie und ging zum Fenster. Natürlich hatte Daka die Fliege längst aufgegessen, aber das bemerkte Opa Gustav nicht.

„Hähäm“, räusperte sich Elvira streng, die das sehr wohl bemerkt hatte.

Daka kaute unschuldig. „Wirklich lecker die Wurst, Opa.“

Mihai gähnte. „Köstlich. Aber jetzt bin ich müde wie ein ausgesaugtes Wildschwein.“

Opa Gustav runzelte die Stirn.

„Ausgelaugtes Wildschwein muss es heißen“, korrigierte Elvira schnell.

„Äh, ja. Ausgelaugt. Ich glaube, ich lege mich in die Badewanne.“ Mihai stand vom Tisch auf.

„Tu das, mein lieber Schwiegersohn. Du riechst auch ein wenig streng, wenn ich das so sagen darf. Ein Bad wird dir guttun nach der Reise!“, sagte Opa Gustav.

„Wie bitte? Ich will doch nicht baden! Sehe ich etwa aus wie ein Fisch?“ Mihai schüttelte sich.

„Eure Badewanne ist so herrlich eng wie ein Sarg.“

„Wie was?“, fragte Opa Gustav.

„Er schläft dort so herrlich wie im Park“, meinte Elvira.

„Ach so. Ich hatte Quark verstanden“, sagte Opa Gustav. „Manche machen sich Quarkwickel oder so. Soll ja gut für alles Mögliche sein.“ Opa Gustav erhob sich. „Ich schaue noch einmal im Autohaus nach dem Rechten.“

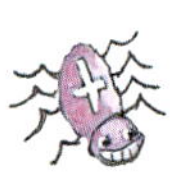

„Aber vergiss nicht, auch nach dem Linken zu schauen“, meinte Mihai.

„Mihai, das sagt man so. Nach dem Rechten schauen“, erklärte Elvira und die Vampirschwestern kicherten.

„Er schaut nach, ob alles ropscho ist“, ergänzte Oma Rose.

„Genau, ich muss wissen, ob alles roger ist.“ Damit verabschiedete sich Opa Gustav. Als er im Flur stand, lief Mihai mit einem Sofakissen an ihm vorbei ins Badezimmer.

„Boi Noap, lieber Schwiegervater“, rief Mihai. Da er die Tür einen Spalt offen ließ, konnte Opa Gustav sehen, wie Mihai in die Badewanne stieg, sich mit einem Handtuch zudeckte und es sich auf dem Kissen gemütlich machte. Kurz darauf schnarchte er schon.

Opa Gustav schüttelte den Kopf. Nicht, weil Mihai schnarchte, das fand er ganz normal. Schließlich machte er das auch selbst regelmäßig. Aber am helllichten Tag schlafen? Noch dazu in der Badewanne? Opa Gustav seufzte. Schade, dass Elvira nicht einen anderen Mann gefunden hatte. Es hatte doch da mal einen netten Kerl gegeben. Timo Brause oder so. Apropos Brause. Er hoffte, dass Mihai nachher noch eine Runde duschte. Er roch nun wirklich nicht ganz frisch.

Das schwarze Kleid

„Habt ihr denn für das Schulfest etwas Nettes zum Anziehen?“, fragte Oma Rose die Vampirschwestern, während sie den Tisch abräumte.

„Na klarox“, meinte Daka und schnappte sich die letzte Scheibe Blutwurst.

„Und was?“, wollte Oma Rose wissen.

Daka zuckte mit den Schultern. „Na das, was ich anhabe.“

„Wollt ihr euch denn nicht ein bisschen schick machen?“ Oma Rose betrachtete Dakas kurze Hosen mit der zerrissenen Strumpfhose darunter. Auf

Silvanias Bluse war ein Kakaofleck. Und ihre Tochter sah aus wie einmal durch die Luft gewirbelt. Was ja auch stimmte. Elviras Haare standen in alle Richtungen ab. Sie gähnte. „Klar, wir machen uns noch schicksox, Mama. Ich ziehe mein nachtblaues Kostüm an."

„Oh ja. Das passt prima zu deinen Augen", freute sich Oma Rose.

„Äh, Mama." Daka zog eine Grimasse. „Ich habe nur das dabei, was ich anhabe."

Elvira seufzte. „Und du, Silvania?"

Silvania warf ihre Haare zurück. „Ich habe mein Rosenkleid, meinen Faltenrock, mein blutrotes langes Kleid, meine pinken T-Shirts, meine drei Sonnenhüte, vier Paar Socken und …"

„Danke, das reicht." Elvira hob die Hand.

„Aber ich wusste nicht, dass man sich verkleiden muss", jammerte Silvania.

„Wieso verkleiden?" Elvira kratzte sich an der Stirn.

„Na, du gehst doch im Kostüm", brummte Daka.

Oma Rose lachte. „So nennt man einen Rock und einen passenden Blazer dazu."

Elvira wandte sich an Daka. „Silvania hat genug dabei, du leihst dir was von ihr.“

„Nici doi viati!“, rief Daka entsetzt.

„Wieso? Ein Kleid oder ein Rock würde dir auch gut stehen“, meinte Oma Rose.

„Definitivo njop.“ Daka saß mit verschränkten Armen auf dem Küchenstuhl.

„Dann müssen wir wohl shoppen gehen.“ Oma Rose klappte die Spülmaschine zu.

„Shoppen?“, riefen Silvania und Daka erschrocken.

„Einkaufen, wieso denn nicht?“ Oma Rose wandte sich an Elvira. „Ich gehe mit den Mädchen ins Kaufhaus. Du kannst dich so lange hinlegen.“

„Danke, Mama.“ Elvira stand auf und verließ die Küche. Die Vampirschwestern hörten, wie sie sich im Wohnzimmer aufs Sofa fallen ließ.

„Heißt shoppen *einkaufen* gehen?“, wollte Silvania wissen.

„Was denn sonst?“ Oma Rose lief in den Flur, um sich ihre Jacke anzuziehen. „Ach so! Jetzt weiß ich, was ihr verstanden habt. Keine Sorge, das würde ich euch nie antun.“

Silvania und Daka sahen sich erleichtert an. Sie hatten snoppen verstanden. Das hieß auf Vampwanisch *schwimmen*. Die Vampirschwestern mochten kein Wasser und würden nie freiwillig schwimmen gehen. Aber einkaufen war in Ordnung. Zumindest für Silvania. Daka machte sich nichts aus Klamotten, sie mussten einfach nur cool und schwarz sein. Vielleicht mal lila.

Als die Zwillinge mit Oma Rose durchs Treppenhaus gingen, klingelte Daka heimlich an der Tür von Gloria van Dame. Dann flopste sie schnell ein Stockwerk tiefer.

„Daka, das habe ich gesehen." Oma Rose nahm Daka an die Hand. „Aber du kannst Klingelstreiche machen, solange du willst. Gloria van Dame ist gar nicht da. Sie wollte noch zum Friseur und dann Greta vom Bahnhof abholen."

„Greta kommt auch?" Silvania strahlte.

Greta van Dame war die Nichte von Gloria van Dame und immer mal zu Besuch bei ihrer Tante – so wie Silvania und Daka bei ihren Großeltern zu Besuch waren. Die Vampirschwestern hatten sich mit

Greta angefreundet, auch wenn es manchmal etwas anstrengend mit ihr war. Das fand zumindest Daka. Gretas Lieblingsfarbe war Rosa, sie liebte Glitzerpullis und Einhörner. Und sie war Vegetarierin, genau wie ihre Tante. Sogar deren Katze Zaza wurde ohne Fleisch ernährt.

Außerdem war Greta sehr misstrauisch. Erst hatte sie gedacht, die Vampirschwestern wären Hexen. Dann Außerirdische. Zuletzt hatte Daka ihr weisgemacht, dass sie einfach sehr sportlich waren. Greta hatte nämlich hin und wieder gesehen, wie Daka heimlich geflogen oder geflopst war.

Silvania versuchte hingegen, in Gretas Gegenwart

so menschlich wie möglich zu sein. Sie fand es richtig spannend, eine Menschenfreundin zu haben.

Oma Rose fuhr mit dem Cabrio in die Innenstadt und parkte in einer Tiefgarage.

Beim Aussteigen atmete Daka tief ein. „Wie gut die Luft hier unten ist. Nicht so frisch und sonnig."

Oma Rose lachte und drückte den Knopf für den Aufzug. Mit einem BING öffneten sich die Türen und Oma Rose zog die Vampirschwestern hinein.

Dakas Miene verfinsterte sich. „Wo sind wir denn jetzt?"

„In einem Aufzug. Wir fahren nach oben ins Kaufhaus." Oma Rose drückte auf den obersten Knopf und der Fahrstuhl fuhr an.

„Mir wird ublix." Daka hielt sich die Hand vor den Mund.

Auch Silvania würgte. „Oma Rose, ich glaube, ich muss spuipate."

„Wie bitte? Ihr fliegt und flopst durch die Gegend und in einem Fahrstuhl wird euch schlecht?" Oma Rose zog zwei Taschentücher aus ihrer Tasche. Dann griff sie in Silvanias Rocktasche und holte einen

Klumpen Erde heraus. Die bröselte sie auf die Tücher und hielt diese ihren Enkelinnen vor den Mund.

„Heimaterde, boibine Idee“, brummte Daka unter dem Tuch hervor.

„Logix. Eure Oma ist ja nicht von gestern.“ Oma Rose zwinkerte den Vampirschwestern zu.

Silvania sog tief den Duft der transsilvanischen Erde ein. „Ich wusste gar nicht, dass die auch gegen Übelkeit hilft.“ Normalerweise mussten Vampire, die ihre Heimat verließen, immer etwas Heimaterde dabeihaben, sonst konnten sie sehr krank werden. Dass die Heimaterde auch *gegen* Kranksein und Übelkeit half, war Silvania neu.

In dem Moment hielt der Fahrstuhl mit einem Ruck und die Türen öffneten sich. Daka wollte sofort rausstürmen, doch Oma Rose hielt sie fest. „Wir müssen noch weiter hoch.“

Ein kleiner Junge stieg mit seiner Mutter ein und beobachtete Daka. Sie nahm das Taschentuch vom Mund, drehte einen Krümel Heimaterde zwischen Daumen und Zeigefinger und steckte ihn sich in das linke Nasenloch. Dann nahm sie einen weiteren Krümel, drehte ihn und steckte ihn in das rechte Nasenloch.

Der Junge zupfte seiner Mutter am Rock und flüsterte: „Mama, das Mädchen popelt rückwärts."

Silvania musste so lachen, dass ihr Taschentuch samt Heimaterdekrümeln verrutschte, und auch Oma Rose konnte sich ein Lächeln nicht verkneifen.

Daka grinste und drehte noch einen Krümel Heimaterde zwischen ihren Fingern. Den steckte sie genüsslich in den Mund und kaute.

„Igitt, also das ist ja unerhört", empörte sich die Mutter des Jungen. Kaum ging der Fahrstuhl auf, eilten sie hinaus.

Daka winkte den beiden fröhlich hinterher.

„Euch scheint es ja wieder gut zu gehen", stellte Oma Rose fest und schob ihre Enkelinnen aus dem Fahrstuhl. „Und jetzt gehen wir in die Mädchenabteilung."

Dort angekommen, konnte sich Silvania kaum sattsehen an den vielen schönen Kleidungsstücken. Ruck, zuck hatte sie drei Röcke, vier Blusen und ein Kleid in der Hand. Oma Rose zeigte ihr die Umklei-

dekabine und Silvania probierte ein Teil nach dem anderen an. Schnell hatte sie sich für einen Rosenrock und eine pinke Glitzerbluse entschieden.

„Hast du auch etwas gefunden, Daka?“, wollte Oma Rose wissen.

„Eine kleine Spinne und eine dicke Staubmaus.“ Daka kaute zufrieden.

„Ich meinte, ob du etwas zum Anziehen gefunden hast.“ Oma Rose zog ein schwarzes Kleid von einer Stange. „Probier das doch mal an. Das ist zwar ein Kleid, aber es ist schwarz!“

„Mama, das Kleid will ich haben!“, rief da ein Mädchen und stürmte auf Oma Rose zu.

„Darf ich das Kleid anprobieren?“, fragte sie. „Ich liebe Schwarz!“, schwärmte sie und sah Daka an.

Daka musterte das Mädchen. Es hatte schwarze lange Haare und trug eine schwarze Jeans und einen schwarzen Kapuzenpulli mit einem Totenkopf drauf. In Glitzer. Trotzdem sah es cool aus. Daka grinste. „Ich liebe auch Schwarz. Aber nur in Hosenform.“

Das Mädchen nickte. „Ich eigentlich auch. Aber heute Abend muss ich schick sein, sagt Mama.“

„Ich auch.“ Daka seufzte.

Oma Rose kam mit einer schwarzen Glitzerhose und einem lila T-Shirt auf Daka zu. „Hier, probier das mal an.“

Daka musterte den Glitzertotenkopf auf dem Pulli des Mädchens. „Glitzer kann auch coolox aussehen.

Also gut. Dann halt glitzerschwarz." Daka nahm die Sachen und ging in die Umkleidekabine. Sie zog am Vorhang. Doch der bewegte sich nicht. Kurzerhand flog Daka ein Stück hoch und zog den Vorhang zu.

„Mama, hast du das gesehen?", flüsterte das Mädchen. „Das ist mir neulich doch auch passiert ..."

„Pst", machte die Mutter des Mädchens. Sie hatte die gleichen langen schwarzen Haare wie ihre Tochter und war sehr blass geschminkt. Dazu trug sie knallpinken Lippenstift. Sie schob das Mädchen in die Umkleidekabine neben Daka. „Luna, willst du nicht doch lieber ein anderes Kleid anprobieren? Eins in einer schönen Farbe?"

„Wieso?", brummte Luna. „Schwarz ist eine schöne Farbe."

„Aber wie wäre es mal mit Lila, Rosa oder Pink?", schlug ihre Mutter vor. „Das sieht fröhlicher aus und das mögen doch alle Mädchen."

„Ich will aber nicht wie alle anderen Mädchen sein. Und ich bin auch nicht wie alle anderen Mädchen", zischte Luna.

„Warum denn nicht?“, fragte die Mutter. „Du kannst besonders sein und trotzdem normal.“

Oma Rose lächelte der Mutter zu. „So sind doch

alle unsere Töchter und Enkeltöchter. Ein bisschen besonders und dabei fast normal.“

Die Frau lächelte mit geschlossenen Lippen. Luna schob den Vorhang zur Seite und präsentierte sich in dem schwarzen Kleid. „Sieht das nicht toll aus, Mama?“

Auch Silvania und Daka kamen herbei und betrachteten Luna.

„Sieht super aus“, sagten die Vampirschwestern gleichzeitig.

Luna lächelte stolz.

Die Zwillinge erstarrten. Auch Oma Rose stutzte. Das Mädchen hatte Eckzähne. Ein klein wenig zu spitze Eckzähne … Oma Rose schüttelte den Kopf. Sie sah wohl schon überall Vampire. Auch Daka und Silvania schüttelten den Kopf.

Plötzlich schüttelten sich alle. Aber nicht nur den Kopf, sondern den ganzen Körper. Silvania schüttelte

sich. Daka schüttelte sich. Luna schüttelte sich. Und Lunas Mutter schüttelte sich.

Nur Oma Rose schüttelte sich nicht. Sie runzelte die Stirn. „Was ist denn nun los?“, fragte sie.

„Hier riecht es etwas streng“, meinte Lunas Mutter und zog Luna mit sich fort, die ein wenig grün um die Nasenspitze geworden war.

Auch Silvania und Daka waren leicht grün geworden.

„Es stinkt grozliv“, jammerte Daka.

„Das ist der Mann da“, wisperte Silvania mit zugehaltener Nase.

Ein älterer Herr kam Hand in Hand mit seiner Frau an den Zwillingen und Oma Rose vorbeigelaufen. Er redete ununterbrochen auf die Frau ein und blieb dann auch noch stehen.

„Frau Wagenzink, wie schön, Sie zu sehen. Wir kaufen auch für unsere Enkel ein“, sagte er und gab Oma Rose die Hand.

„Herr Knobloch, sehr erfreut“, erwiderte Oma Rose den Gruß.

„Knobloch?“, wunderte sich der Herr.

„Äh, ich meinte Herr Knoff“, stotterte Oma Rose.

„Ach ja, das Alter macht vergesslich. Ich esse ja jeden Tag Knoblauch. Das soll das Gehirn fit halten. Besonders frischer Knoblauch“, flüsterte der Mann Oma Rose zu.

„Buärg“, würgte Daka und floh vor der Knoblauchwolke, die aus dem Mund des Mannes kam. Auch Silvania machte einen Satz nach hinten.

„Danke für den Tipp, auf Wiedersehen, Herr, äh, Knoknauf.“ Oma Rose zog die Vampirschwestern hinter sich her. „Der riecht ja, als sei er in einen Topf Knoblauchsuppe gefallen. Kein Wunder, dass euch schlecht wird. Mir ist selbst übel.“ Oma Rose atmete tief ein und aus. Die Vampirschwestern taten es ihr gleich. Langsam wich die grüne Farbe aus ihren Gesichtern und sie waren wieder blass wie eh und je.

„Oma, glaubst du, Herr Knoff ist ein Vampirjäger?“, fragte Daka.

„Wie bitte? Wo gibt es denn Vampirjäger?“, wunderte sich Oma Rose.

„Na, das haben wir in der Zeitung gelesen. Es gibt immer mehr von ihnen“, beharrte Daka.

„Und er hat sich mit Knoblauch bewaffnet. Das machen viele Vampirjäger“, ergänzte Silvania.

„Aber warum sollte es Vampirjäger geben? Es gibt doch auch keine Vampire.“ Oma Rose zwinkerte den Zwillingen zu. „Macht euch keine Gedanken. Herr Knauf ist ein netter alter Herr, der zu viel Knoblauch gegessen hat, weil er glaubt, dass ihn das länger fit hält.“

„Dabei weiß doch jeder, dass Knoblauch krank macht“, schnaufte Daka.

Silvania nickte ernst. „Aber, Oma. Es gibt doch Vampire. Dann kann es doch auch Vampirjäger geben. Oma Zezci hat oft davon erzählt.“

Oma Rose seufzte. „Na ja. Aber die meisten Menschen glauben nicht an Vampire. Deswegen kann es allerhöchstens ein paar Vampirjäger geben. Und bestimmt nicht hier.“

„Aber es wurden welche in Deutschland gesichtet“, sagte Daka.

„Doch nicht in Bindburg. Hier sehe ich nur zwei zauberhafte Halbvampire.“ Oma Rose strich ihren Enkelinnen übers Haar. „So, und jetzt bezahlen wir eure

Sachen und gehen ein schönes Eis essen." Sie schritt zur Kasse.

„Zensatoi futzi! Ich nehme Tomate und Vanille mit Spinnenbeinen", freute sich Daka.

„Und ich Kartoffelkäfer und Blutorange", meinte Silvania.

„Na, schaut mal, was es so gibt." Oma Rose lachte. „Ich nehme jedenfalls Schokolade und Vanille. Ohne Spinnenbeine."

Abendbrot mit Abendrot

„Wir sind wieder daha!“, jubelte Oma Rose, als sie mit den Zwillingen in die Wohnung kam.

„Juhu!“, jodelte Elvira zurück. Sie kam frisch umgezogen und frisiert aus dem Badezimmer.

„Mama, du siehst ja schicksox aus!“ Silvania betrachtete ihre Mutter anerkennend in dem nachtblauen Kostüm. Elviras Haare lockten sich sanft über ihre Schultern und ihre Augen waren glitzernd geschminkt. „Habt ihr auch was Schickes gefunden für heute Abend?“, fragte sie ihre Töchter.

Silvania zeigte stolz ihren Rock und die Bluse.

„Sehr schön. Und du, Daka?“ Elvira sah neugierig in die Einkaufstasche. „Oho, Glitzer!“ Sie zog die Hose heraus.

„Schwarzer Glitzer ist o. k.“, brummte Daka.

„Guten Abend, die Damen!“ Opa Gustav kam durch die Wohnungstür.

„Und was ist mit mir?“ Mihai tappte völlig verschlafen vom Badezimmer in den Flur.

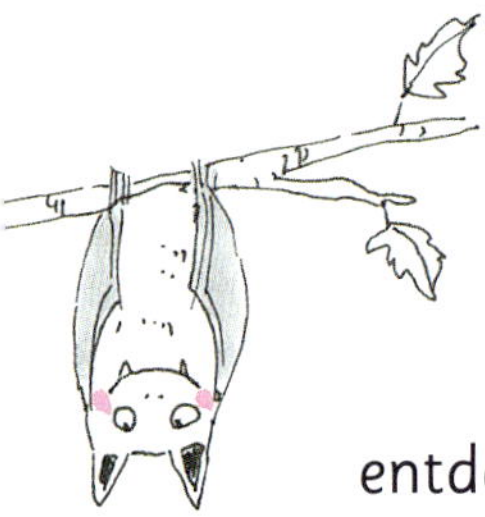

„Guten Abend, der Herr“, sagte Opa Gustav übertrieben höflich. „Wünsche, wohl geruht zu haben.“

„Hrmpf“, grummelte Mihai. Als er Elvira entdeckte, lächelte er jedoch breit. „Du siehst fantazyca aus, moi Miloba. Deine Augen glitzern wie Eckzähne im Mondlicht.“

Opa Gustav schüttelte unmerklich den Kopf. Was war das denn für ein Kompliment? Aber seiner Tochter schien es zu gefallen.

„Datiboi, moi Milobo.“ Elvira gab Mihai einen Kuss und sah dann auf die Uhr. „Mihai, Silvania, Daka – bitte macht euch fertig, das Fest geht bald los.“

„Ist denn keine Zeit mehr für ein blutiges Abendessen?“, maulte Mihai.

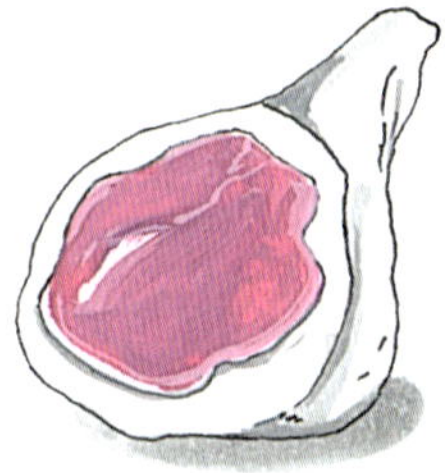

„Für ein blutiges Steak sollte immer Zeit sein“, bestätigte Opa Gustav. „Ich wollte ohnehin den Grill anfeuern.“

„Das klingt delizioso“, freute sich Mihai und auch die Vampirschwestern leckten sich die Lippen. Opa Gustav war schließlich der beste Würstchengriller Bindburgs.

„Tut mir leid, aber wir müssen los. Und es gibt dort auch Essen“, sagte Elvira.

„Aber on potschki muss ich essen. Du weißt ja, was sonst passiert, wenn ich unter Menschen bin.“ Mihai sah Elvira bedeutungsvoll an und ließ seine Eckzähne aufblitzen.

Elvira seufzte. „Also gut, dann nehmt noch einen kleinen Mompf. Aber danach geht es gleich los!“

Sechs Eckzähne blinkten Elvira dankbar an. Mihai ging mit den Vampirschwestern und Opa Gustav auf den Balkon, wo dieser ein paar Würste und blutige Steaks grillte. Sehr blutig für Mihai.

„Das ist ja fast noch roh“, fand Opa Gustav, als Mihai sich ein Steak vom Grill nahm.

„Passend zur Farbe des Sonnenuntergangs – schaut mal, der Himmel sieht wunderschön aus!“, rief Silvania schnell.

„In der Tat, wunderschön, dass die Sonne gleich endlich weg ist.“ Mihai wischte sich etwas Blut aus seinem Bart und leckte seine Finger genüsslich ab. „Jetzt aber rapedadi!“ Mihai flopste vom Balkon in die Wohnung.

Opa Gustav sah ihm verwirrt nach. „Den ganzen Tag schläft er und jetzt hüpft er herum wie ein Flummi.“

„Papa ist eben ein Nacht… äh, Nacht*mensch*.“

„Papa ist doch kein *Mensch*“, zischte Daka ihr zu. „Willst du ihn beleidigen?“

„Reg dich ab, Daka“, zischte Silvania und schob ihre Schwester zurück in die Wohnung.

Schnell zogen sie sich um. Auch Mihai kam wenig später über den Flur stolziert. Er trug eine schwarze Hose, schwarze glänzende Schuhe, einen schwarzen Frack und einen schwarzen Hut. „Na, wie findet ihr euren Vater?“ Mihai machte eine Faust.

„Äh, schicksox“, murmelte Silvania.

„Etwas übertrieben schicksox?“, meinte Daka fragend.

„Und jetzt kommt die Hauptsache.“ Mihai öffnete seine Faust und nahm eine fette Schmeißfliege heraus, die

er unten auf seinen Hals setzte. „Ich habe meine Fliege vergessen, aber diese hier glänzt ohnehin schöner."

„Igitt, Mihai!", rief Elvira entsetzt, als sie ihren Mann entdeckte. „Das ist ein Schulfest, kein Ball. Du brauchst dort keine Krawatte oder Fliege. Schon gar keine echte Fliege!"

Daka zwinkerte Silvania zu und schnappte sich die dicke Fliege. Bevor Mihai etwas sagen konnte, steckte sie sie in den Mund und biss sie knackend entzwei.

„Schön saftig", schmatzte Daka.

„Igitt, Daka!", beschwerte sich Elvira erneut, doch nur noch halb empört.

„Ich weiß, Mama. Fliegen futtern ist verboten. Aber ich dachte, du freust dich in diesem Fall, wenn ich mich nicht an deine Regeln halte."

Elvira lächelte. „Stimmt sogar. Aber auf dem Fest haltet ihr euch bitte fest an die Regeln. Kapitox?" Elvira sah ihre Töchter und ihren Mann durchdringend an.

„Kapitox", brummten alle drei.

„Azdio, Oma, azdio, Opa!“, riefen die Vampirschwestern und winkten ihren Großeltern zu, die inzwischen beide auf dem Balkon saßen und in die untergehende Sonne blickten.

„Schönen Abend euch“, erwiderte Opa Gustav.

„Boi Fusel“, wünschte Oma Rose.

„Datiboi“, rief die gesamte Familie Tepes und verließ die Wohnung.

Im Flur zeigte Elvira auf das Klingelschild. „Witzig, früher, als ich zur Schule ging, hieß ich auch noch Wagenzink.“

„Meinst du, dich erkennen alle?“, fragte Silvania.

Elvira zuckte mit den Schultern. „Wir werden sehen.“

„Und ich werde aufpassen“, murmelte Mihai.

„Wieso denn aufpassen?“, überlegte Silvania.

„Falls es zu viel Limobrause gibt“, meinte Mihai. „Die verträgt eure Mutter nicht.“

„Haha“, machte Daka.

„Er heißt Timo Krause. Und nicht Limobrause“, rügte Elvira. „Und jetzt ab die Post!“

„Das kann doch Fled Ex machen. Oder Kobix“, schlug Mihai vor.

„Was denn?“ Elvira sah ihren Mann verwirrt an.

„Na, die Post austragen“, sagte Mihai.

Elvira lachte. „Das sagt man nur so. Ab die Post. Heißt so viel wie: Avantix popolox!“

Das ließ sich Mihai nicht zweimal sagen. Galant reichte er seiner Frau die Hand. Elvira nahm sie und mit einem WUPP zog Mihai sie durchs Treppenhaus.

„Mihaiiii! Nicht fliegen!“, kreischte Elvira.

Unten angekommen, fuhr Elvira sich nervös durchs Haar und sah sich um. „Hoffentlich hat das niemand gesehen.“

„Nur wir.“ Daka grinste. „Wenn Papa fliegen darf, dürfen wir ja wohl auch.“

„Nix gibt's“, fauchte Elvira.

„Mama, du hörst dich an wie ein Vampir“, stellte Silvania fest.

„Haha, in mir steckt mehr, als ihr glaubt.“ Elvira lächelte. Ihre gute Laune war zurück.

„Fliegen lohnt sich übrigens nicht. Meine alte Schule ist hier um die Ecke.“

Damit traten die Tepes auf die Straße und liefen los. Schon ein paar Häuser weiter hörten sie Musik und Stimmen.

„Ich bin echt gespannt auf die Schule. Gibt es dort Flopsekästchen auf dem Schulhof?“, fragte Silvania.

„Und kann man da gut *Vampir fängt Wildschweine* spielen?“, wollte Daka wissen.

„Vor allem darf man auf dem Schulhof nicht fliegen“, erinnerte Elvira.

„Auch nicht beim Fangenspielen?“, maulte Daka.

„Es wird so voll sein, dass ihr da sowieso nicht Fangen spielen könnt“, entgegnete Elvira.

„Hmpf. Hoffentlich ist es nicht langweilig.“ Daka verdrehte die Augen.

„Es riecht auf jeden Fall delizioso!“, stellte Mihai fest, als sie durch das Schultor gingen. Er blieb stehen und schnupperte. „Riecht ihr das auch?“, fragte er und streckte seine Nase in die Luft. „Es riecht nach …“

„Menschen?“, fragte Daka.

„Ja, schon.“ Mihai leckte sich die Lippen. „Aber da ist noch ein anderer Geruch. Erdig. Würzig. Muffig.“

Die Vampirschwestern zuckten mit den Schultern. Auch Elvira sah ihren Mann fragend an.

„Es riecht nach … Rodna!“ Mihai seufzte sehnsüchtig.

„Nach Heimat?“, wollte Elvira wissen.

„Sni.“ Mihai nickte und fing leise an zu summen.

„Oh, bitte, Mihai. Nicht jetzt.“ Elvira sah sich verstohlen um.

Mihai summte Transsilvania Rodna Inima moi – das vampwanische Heimatlied.

Elvira hatte zwar nichts gegen das Lied, doch wenn Mihai einmal anfing, es zu singen, hörte er so schnell nicht auf. Er konnte es nämlich nur aus voller Kehle singen und außerdem hatte es vierzehn Strophen!

Auch die Vampirschwestern verdrehten genervt die Augen.

„Schau mal, Papa. Da ist ein Grillstand“, rief Daka. „Das riecht hier so lecker.“

Mihai hörte auf zu summen und Elvira zwinkerte Daka erleichtert zu. „Wie wäre es, wenn wir uns da etwas zu essen holen und uns dann ein wenig umsehen?“

Die Vampirschwestern schüttelten den Kopf. „Wir sind woms.“

„Ich auch. Aber ich habe Durst“, meinte Mihai.

„Durst?“, fragten Silvania, Daka und Elvira erschrocken.

Mihai lächelte. „Keine Sorge. Ich habe keinen Durst wie ein Vampir, sondern Durst wie ein Mensch. Ich hole mir ein Bier.“

Währenddessen sahen sich Elvira und die Zwillinge um. Der Schulhof war hell beleuchtet mit Lichterketten und Lampions. Überall gab es Essens- und Getränkestände. Und überall waren Menschen.

„Hier sind fast nur Erwachsene“, beschwerte sich Daka.

„Stimmt.“ Silvania nickte enttäuscht.

„Ihr findet schon jemanden in eurem Alter“, munterte Elvira die Schwestern auf.

„Schau mal, wer da ist!“ Daka zeigte in die Menge.

„Wo denn?“ Silvania folgte Dakas Finger mit ihrem Blick.

„Das Mädchen!“ Daka wippte aufgeregt.

„Welches Mädchen?“, wollte Silvania wissen.

„Das mit dem schwarzen Kleid!“, rief Daka.

„Das ist diese Luna!“ Jetzt sah es auch Silvania. Das Mädchen aus dem Kaufhaus stand neben seiner Mutter und blickte starr in ihre Richtung. Ihr schwarzes Kleid glitzerte geheimnisvoll im bunten Licht der Lichterketten.

Als Luna merkte, dass die Vampirschwestern sie ansahen, winkte sie kurz und zog ihre Mutter an der Hand. Diese blickte stirnrunzelnd in eine andere Richtung und hielt ihre Nase in die Luft.

„Was macht denn Lunas Mutter da?“, fragte Silvania.

„Sie schnuppert", stellte Daka fest.

„Aber das tun doch nur Tiere", meinte Silvania.

„Und Papa. Aber der ist ein Vampir." Daka nahm Silvanias Hand. „Komm, wir gehen hin."

Doch in diesem Moment kam Luna mit ihrer Mutter im Schlepptau schon auf die Vampirschwestern zugelaufen.

„Hallo", grüßte Luna schüchtern.

„Hallo!", grüßten die Vampirschwestern zurück.

„Ich bin Luna", stellte sie sich vor.

„Ich bin Daka und das ist Silvania", erklärte Daka.

„Und das ist meine Mama." Luna zeigte auf ihre Mutter.

„Elvira Tepes, sehr erfreut", mischte sich Elvira ein und gab Lunas Mutter die Hand.

„Salamina Krause", sagte Lunas Mutter.

„Salamina?", fragte Daka. „Klingt lecker."

„Krause?", fragte Silvania. „Klingt interessant."

„So heißt mein Mann. Timo Krause. Er ist hier zur Schule gegangen", beeilte sich Salamina zu sagen. „Vielleicht kennen Sie ihn?"

Elvira nickte. „Ähm, ja."

In dem Moment näherten sich zwei Männer. Einer kam von rechts. Einer kam von links. Einer trug ein Bier. Der andere trug eine Limonade. Einer hatte einen finsteren Blick. Der andere lächelte. Der eine hatte nur Augen für Salamina. Der andere hatte nur Augen für Elvira.

Salamina blickte in tiefschwarze Augen.

„Ich bin Mihai Tepes“, stellte sich Mihai vor.

Elvira blickte in hellgrüne Augen.

„Ich bin’s. Timo. Erkennst du mich?“, fragte Timo Krause.

Salamina schluckte.

Elvira hustete.

Silvania guckte.

Daka pupste. (Aber nur leise.)

Luna gluckste.

Timo schwitzte. (Aber nur leicht.)

Mihai fauchte. (Laut.)

Wiedersehen ohne Freude

„Äh, also, äh“, stammelte Elvira. „Das ist mein Mann. Mihai Tepes. Und das ist Timo Krause, mein äh, Freund. Äh. Schulfreund. Von früher. Ganz früher.“

„Freut mich“, meinte Timo und gab Mihai die Hand.

„Mich nicht“, brummte Mihai leise und drückte Timos Hand fest. Sehr fest.

„Autsch“, zischte Timo. Er zeigte auf seine Frau. „Das ist Salamina, meine Frau, und das“, er zeigte auf Luna, „ist unsere Tochter Luna.“

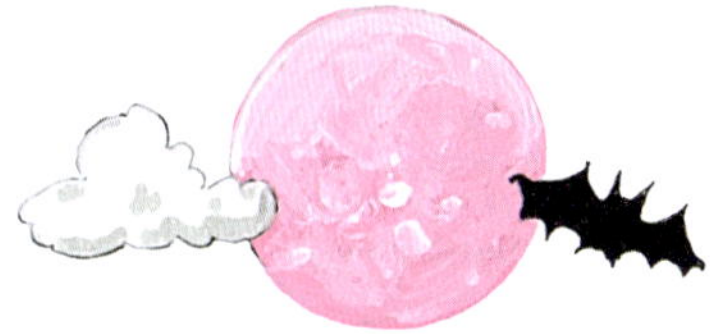

„Luna – das bedeutet Mond“, schwärmte Mihai. „Und Salamina … das bedeutet … also das klingt einfach delizioso. Und Sie riechen nach … Heimat!“ Mihai schnupperte.

„Ja, und das sind unsere Zwillingstöchter Silvania und Daka“, stellte Elvira Timo die Mädchen vor.

„Ihr seid Zwillinge? Cool.“ Luna musterte die Vampirschwestern. „Ihr seht euch gar nicht ähnlich.“

„Wir sind auch verschieden“, bestätigte Daka.

„Aber wir verstehen uns trotzdem total gut. Manchmal sogar ohne Worte. Wir denken ganz oft das Gleiche.“ Silvania lächelte.

Luna lächelte zurück. „Ihr habt es gut. Ich bin Einzelkind. Das ist echt langweilig.“

„Dafür bist du einzigartig“, meinte Salamina und strich Luna über ihre schwarzen Haare.

„Mama meint, dass ich anders bin.“ Luna seufzte und sah plötzlich traurig aus.

„Dann passt du gut zu uns. Wir sind auch, äh, irgendwie anders“, sagte Silvania.

„Und wir kommen aus Transsilvanien“, ergänzte Daka.

„Als ob?“, fragte Luna.

„Dann wohnst du gar nicht mehr in Deutschland?“, fragte Timo Elvira.

„Nein, sie lebt weit weg von dir, Limobrause“, brummte Mihai. „Apropos, Prost. Oder wie wir in Transsilvanien sagen: Schnappobyx!“ Mihai stieß mit seinem Bier fest an die Limonade von Timo, sodass diese überschwappte. „Oh, Skyzati. Noch eine Brause, Herr Krause?“

Timo tat so, als bemerkte er Mihais Unfreundlichkeiten nicht. „Nenn mich doch Timo.“

„Klaro, Timo. Und du kannst mich Tepes nennen. Herr Tepes.“ Mihai lachte dröhnend, doch niemand lachte mit.

„Papa, du bist jenanto!“, flüsterte Silvania.

„Ultimo jenanto“, bestätigte Daka.

„Sei doch mal nett“, zischte Elvira.

„Willst du eine Limo, Timo? Oder ein Bier?“, fragte Mihai extra freundlich.

Timo schüttelte den Kopf. „Ich vertrage keinen Alkohol mehr. Irgendwie passieren dann immer ko-

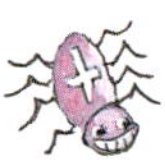

mische Dinge um mich herum. Einmal habe ich mir sogar eingebildet, meine Frau würde fliegen."

„Haha", lachte Salamina verlegen.

„Na, das würde ich mir auch manchmal wünschen", meinte Mihai. „Dann müsste ich sie nicht immer durch die Luft ziehen."

Timo sah Mihai irritiert an.

„Mihai, bitte." Elvira sah ihrem Mann tief in die Augen. Dann wandte sie sich lächelnd an Salamina. „Du hast einen ungewöhnlichen Namen. Woher kommt der denn?"

Salamina warf ihre langen schwarzen Haare nach hinten. „Ich wurde hier geboren. Aber ich habe auch Verwandte in Trans..."

„Buärg", würgte Daka laut. „Was stinkt denn hier so?"

„Ich weiß nicht, aber es riecht echt schlimm", stöhnte Luna.

„Oh, hinter uns isst jemand einen Maiskolben mit Knoblauchbutter. Lecker!" Timo zeigte auf einen Mann. „Wobei meine Frau und meine Tochter behaupten, sie hätten eine Knobiallergie. Dabei gibt es das gar nicht. Ich meine“, Timo lachte, „habt ihr davon schon mal gehört? Nussallergie, Katzenhaarallergie, *das* gibt es.“

„Na ja. Meine Familie hat auch eine Knoblauchallergie.“ Elvira lächelte schief.

„Dann werden wir uns sehr gut verstehen“, sagte Salamina.

„Wollen wir uns ein bisschen umsehen?“, fragte Luna die Zwillinge. „Die Erwachsenen sind irgendwie …“

„… peinlich?“, ergänzte Daka.

Luna nickte. „Lass uns mal dahinten schauen, da gibt es Stände.“ Damit verschwand Luna und tauchte an einem der Stände wieder auf.

„Häh? Wie ist sie denn jetzt so schnell dahin gekommen?“, wunderte sich Daka.

„Luna ist sehr sportlich“, erklärte Salamina.

„Aha“, antworteten die Vampirschwestern und liefen Luna hinterher.

„Luna! Wieso rennst du so schnell weg?“, fragte Daka, als sie ankamen.

„Bin ich gerannt? Hab ich gar nicht bemerkt“,

entschuldigte sich Luna. „Schaut mal, der Mann da sieht witzig aus."

Silvania und Daka betrachteten den Mann mit den langen Haaren und der spitzen Nase. Er stand unter einem bedachten Stand und hatte lauter Süßigkeiten und Schulsachen ausgebreitet.

„*Ali Bin Schick – Schul- und Scherzartikel*", las Luna sein Schild vor.

„Schaut mal, ein Kuli, in dem man Spickzettel verstecken kann." Daka hielt einen Stift hoch. „Das brauche ich für mein nächstes Diktat. Ich kann mir nie merken, ob man Vampir mit i oder ie schreibt. Oder Dracula mit oder ohne h."

„Und hier ist eine Brotdose mit doppeltem Boden." Luna hielt eine Box hoch. „Da kann man heimlich Süßigkeiten mit in die Schule nehmen. Unsere Lehrer sind da voll streng, wir dürfen nur Gesundes mitnehmen."

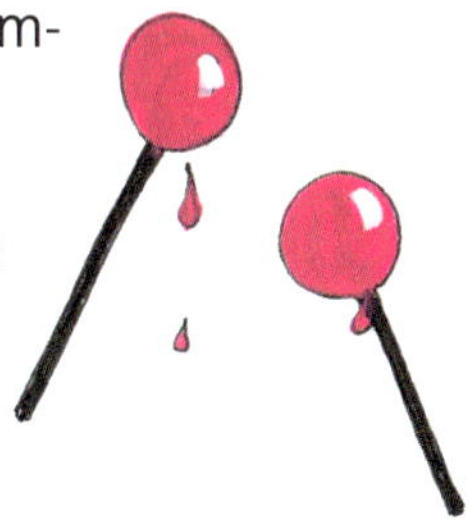

Daka nickte verständnisvoll. „Oje, immer nur Haferblutschleim mit Blutorangenschnitzen … unsere Mutter war auch mal auf dem Gesundheitstrip."

Luna riss erstaunt die Augen auf. „Haferblutschleim?“

„He, Mädchen! Nicht in die Hand nehmen. Meine Sachen sind verzaubert!“, mahnte Ali Bin Schick. Er hatte eine raue Stimme.

„Verzaubert?“, fragte Silvania.

Ali Bin Schick wurde rot. „Zauberhaft, meinte ich. Und empfindlich. Bitte nicht alles anfassen.“

„Ich glaube, wir wollen gar nichts kaufen“, meinte Luna.

„Ich kann auch die Zukunft vorhersagen“, bot Ali Bin Schick an. „Vielleicht wollt ihr wissen, was ihr in der nächsten Mathearbeit schreibt?“

„Warum nicht. Dann sagen Sie mal.“ Daka sah Ali Bin Schick herausfordernd an.

„Ich bin Fußleser“, sagte Ali Bin Schick, „kein Handleser. Du müsstest also deine Schuhe ausziehen. Und die Socken.“

„Was?“ Luna kicherte.

Auch Silvania lachte.

„Nee, danke.“ Daka schüttelte den Kopf.

„Braucht ihr vielleicht Hefte? Das sind Schönschreibhefte.“ Ali Bin Schick hob ein paar Hefte hoch. „Wenn ihr da reinschreibt, wird eure Schrift automatisch schön.“

„Wie soll das denn gehen?“, fragte Luna.

„Angenommen, du hast keine schöne Handschrift“, begann Ali Bin Schick.

„Woher wissen Sie das? Ich habe wirklich keine schöne Schrift“, gab Luna zu.

„Dann schreib mal hier rein!“ Ali Bin Schick gab Luna einen Stift.

„Was soll ich denn schreiben?“, fragte Luna.

„Ich musste neulich zehnmal schreiben: ‚Ich darf im Unterricht nicht flopsen‘“, gab Daka zu.

„Flopsen?“ Luna sah Daka stirnrunzelnd an. „Meinst du etwa pupsen?“

„Sie meint kippeln. Mit dem Stuhl wackeln. In Transsilvanien heißt das flopsen“, behauptete Silvania.

„Meine letzte Strafarbeit war zehnmal schreiben: ‚Ich darf im Unterricht nicht einschlafen‘“, sagte Luna und schrieb den Satz in das Heft. „Das passiert mir in letzter Zeit immer öfter. Nachts kann ich nicht schlafen und tagsüber in der Schule bin ich dann total müde.“

„Das ist doch normal“, meinte Daka. „Aber schau: Deine Schrift sieht schön aus!“

Erst jetzt bemerkte Luna, wie schön sie in das Heft geschrieben hatte. „Stimmt! Viel schöner als sonst.“

„Wie funktioniert denn das?“, fragte Silvania Ali Bin Schick.

Der hob die Hände hoch. „Ein Zauberer verrät nie seine Tricks."

„Sind Sie ein echter Zauberer?", fragte Daka.

Ali Bin Schick zuckte mit den Schultern. „Manche sagen so, andere so."

„Es gibt keine echten Zauberer." Luna zeigte den Vampirschwestern heimlich einen Vogel. „Ich glaube, der spinnt ein bisschen."

„Es gibt mehr Dinge zwischen Himmel und Erde, als du glaubst, junge Dame." Ali Bin Schick sah Luna durchdringend an.

Daka bemerkte, dass Luna rot wurde, und lenkte schnell ab: „Was sind denn das für Bonbons?" Sie zeigte auf eine Box mit schwarz-lila glänzenden Bonbons. „Die sehen lecker aus."

„Diese Bonbons sind ganz besondere Bonbons. Sehr praktisch bei Klassenarbeiten", sagte Ali Bin Schick. „Mit denen kommt man für kurze Zeit auf ganz andere Gedanken!"

„Echt jetzt?", fragte Luna interessiert. „Wird man dadurch schlauer?"

„So ähnlich." Der Verkäufer lächelte geheimnisvoll.

„Probiert sie einfach aus.“ Er gab jedem Mädchen ein Bonbon. „Macht drei Euro.“

„Einen Euro für ein einziges Bonbon?“, beschwerte sich Daka. „Das ist aber teuer.“

„Es lohnt sich“, wisperte Ali Bin Schick.

Die Mädchen zahlten und steckten sich die Bonbons in den Mund.

„Schmeckt wie …“, murmelte Silvania.

Schwarzwurzel, dachte Daka.

„Genau, Daka. Schwarzwurzel“, sagte Silvania.

„Aber Daka hat doch gar nichts gesagt?“, wunderte sich Luna. „Auf jeden Fall ganz lecker.“ Obwohl ich jetzt echt Lust auf eine Bratwurst hätte. Oder Blutwurst, dachte Luna.

„Au ja, Blutwurst geht immer, oder?“, fragte Daka.

„Hier gibt es aber nur Bratwurst“, sagte Silvania.

„Äh, könnt ihr Gedanken lesen?“, fragte Luna.

„Na ja.“ Daka schüttelte den Kopf. „Silvanias Gedanken kann ich oft lesen. Aber das zählt nicht, wir sind Zwillinge.“

„Na ja, ich habe gerade an Blutwurst gedacht und dann hast du davon geredet“, sagte Luna.

„Hm, darüber würde ich mir keine Gedanken machen. Ich rede immer über Blutwurst.“ Daka kicherte.

„Echt jetzt?“ Luna runzelte die Stirn. „Ich auch.“

„Ist doch normal“, fand Daka.

„Nee, das ist überhaupt nicht normal. In meiner Klasse mag keiner Blutwurst.“ Luna seufzte. „Ich habe immer das Gefühl, dass ich nicht normal bin. Kennt ihr das?“

Daka nickte. „Hier in Deutschland fühle ich mich auch nicht normal. Aber zu Hause schon." Wieso denkt Luna, dass sie nicht normal sei?, dachte Daka. Sie ist doch zensatoi futzi.

„Was heißt zensatoi futzi?", wollte Luna wissen.

„Wieso?", fragte Daka erschrocken.

„Na, du hast doch gesagt, ich sei zensatoi futzi", meinte Luna.

„Ich habe das *gedacht*, nicht gesagt." Daka sah Luna an.

Luna sah Daka an.

Silvania sah Luna an.

Zensatoi futzi heißt supermegawahnsinnsenormsensationellverblüffendausgezeichnet, dachte Silvania.

„Supermegawahnsinnsenormsensationellverblüffendausgezeichnet?", rief Luna.

Silvania und Daka sahen sich an. Sie kann Gedanken lesen, dachten sie.

„Ich kann Gedanken lesen?", hakte Luna nach.

„Wir können unsere Gedanken lesen!", stellte Daka fest.

In dem Moment winkte Ali Bin Schick den Mädchen zu und zeigte mit der anderen Hand auf die Bonbons.

Es liegt an den Bonbons!, dachten Luna, Silvania und Daka.

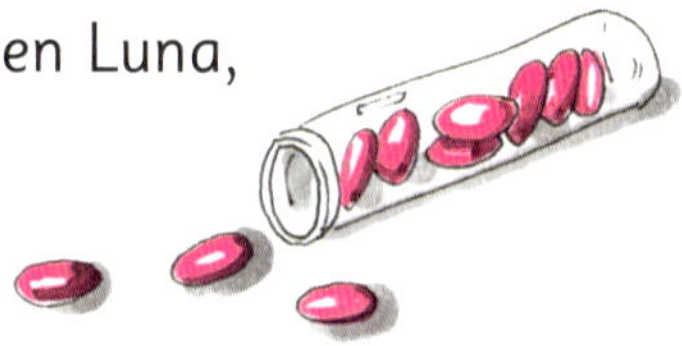

Dann sahen sie sich an und lachten.

„Deswegen hat dieser Ali Bin Schick gesagt, dass die Bonbons uns auf andere Gedanken bringen!", stellte Silvania fest.

Gedankensalat

DINGDONGDANGDONG!, ertönte auf einmal ein Gong. „Hier spricht die Schuldirektorin. Bitte versammeln Sie sich alle in der Aula!“, schepperte es über den Hof. Und noch etwas dröhnte in den Ohren von Silvania, Daka und Luna: die Gedanken von Hunderten von Menschen.

Ich hole mir schnell noch eine Bratwurst. – Hui, die Salewski hat aber einen schicken Mann geheiratet. – Oje, da ist mein ehemaliger Deutschlehrer, schnell weg! – Boh, ist das langweilig hier und jetzt wird auch noch eine Rede gehalten. – Ich erkenne niemanden! – Mensch, ist das schön, alle mal wiederzusehen! – Ich will unbedingt meine Sportlehrerin treffen. – Oh nein, da ist Frau Knobel, die Mathelehrerin, die immer so nach Knoblauch gestunken hat. – Ach, wie hieß denn der noch mal?

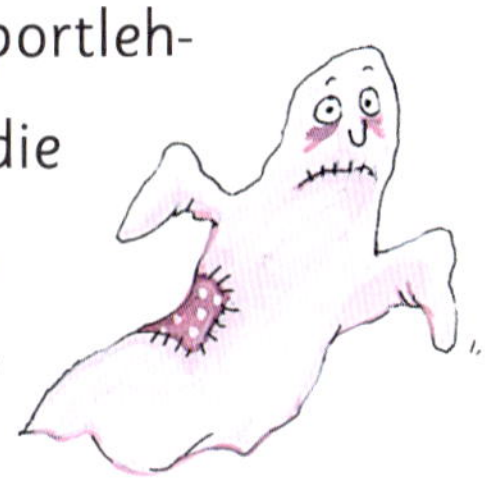

„Gedankensalat", flüsterte Daka Silvania und Luna zu. „Nichts wie weg hier!"

Die Mädchen nickten. Sie liefen hinter Daka her ins Schulgebäude, obwohl der Zutritt nicht erlaubt war. Nur der Schulhof und die Aula waren für das Fest geöffnet. Die Gänge lagen dunkel vor Daka, doch sie konnte im Dunkeln ausgezeichnet sehen. Auch Luna lief ohne Probleme hinter den Vampirschwestern her und sagte sogar hin und wieder an, wo sie entlanglaufen sollten.

Vor einem der Klassenräume blieben sie stehen.

„*Hier lernen wir*", las Luna das Plakat vor, auf dem alle Kinder der Klasse abgebildet waren.

„Hihi", kicherte Daka. „Der mit den Locken sieht witzig aus."

„Stimmt", bestätigte Luna.

„Du kannst ja gut im Dunkeln sehen“, wunderte sich Daka.

„Du doch auch!“, gab Luna zurück.

„Ja klarox. Ich bin ja auch Halbva...“

„Halbweitsichtig!“, rief Silvania schnell dazwischen.

„Was soll das denn sein?“, wollte Luna wissen.

„Keine Ahnung. Ich sehe halt gut.“ Daka grinste.

Plötzlich hörten sie Schritte auf dem Gang.

„Schnell rein da“, flüsterte Luna und öffnete die Tür zu dem Klassenzimmer. Silvania und Daka huschten hinein, gefolgt von Luna.

„So sieht also ein Klassenraum in Deutschland aus.“ Daka lief zwischen den Tischreihen entlang. „Wo kann man denn hier abhängen?“

„Dahinten steht ein Sofa, da kann man sich hinsetzen und lesen oder so.“ Luna zeigte in eine Ecke, in der ein Sofa und ein Bücherregal standen.

„Nee, ich meine richtig abhängen. So zum Beispiel.“ Daka flog ein Stück in die Luft und hängte sich kopfüber an die Tafel.

„Daka, lass das!“, zischte Silvania. Dann sah sie, dass Luna stocksteif dastand und Daka anstarrte.

„Alles o. k., Luna?“ Silvania ging auf Luna zu. „Daka ist sehr, ähm, sportlich.“

Genau wie ich!, dachte Luna.

„Genau wie du?“, fragte Silvania nach. „Was meinst du damit?“

Luna schüttelte den Kopf. „Ich darf darüber mit niemandem reden.“

„Aber du kannst es uns ruhig sagen. Wir können doch sowieso schon deine Gedanken lesen.“ Daka schwang sich mit einem Salto von der Tafel und landete auf beiden Füßen.

„Du hängst auch gerne ab, oder? Also so richtig, mit dem Kopf nach unten, so wie ich eben.“ Daka sah Luna prüfend an.

Luna nickte stumm. „Aber Mama verbietet es mir, wenn jemand da ist. Dabei habe ich selbst schon gesehen, dass sie sich manchmal für ihren Mittagsschlaf an die Gardinenstange hängt.“

„Schläft deine Mutter oft tagsüber?“, wollte Daka wissen.

Luna nickte und setzte sich auf einen Stuhl. Eine kleine Spinne krabbelte über das Pult vor ihr. Daka griff nach der Spinne, doch Luna kam ihr zuvor. Sie schnappte sich die Spinne und steckte sie in den Mund.

Silvania und Daka musterten Luna ungläubig. „Hast du gerade …“, Silvania stockte, „… eine Spinne gefuttert?“

„Oje.“ Luna schlug sich die Hand vor den Mund. „Hab ich?“ Sie schluckte. „Stimmt.“

Silvania und Daka sahen sich an.

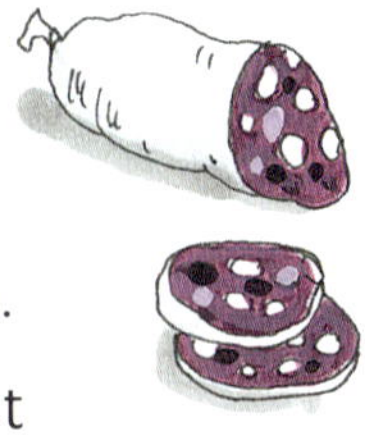

„Also“, begann Silvania. „Du hast oft Lust auf Blutwurst. Bist tagsüber müde und nachts fit. Du kannst super im Dunkeln sehen. Du magst keinen Knoblauchgeruch. Du hängst gerne kopfüber ab und du hast gerade eine Spinne gefuttert.“

„Ich bin echt nicht normal.“ In Lunas Augen schimmerten Tränen.

„Du bist total normal!“, rief Daka. „So normal wie wir!“

Luna musterte die Vampirschwestern.

„Wir hängen gerne ab, lieben Blutwurst und futtern Spinnen, Fliegen, Mücken – was gerade so vorbeiflattert oder krabbelt“, erklärte Daka.

Luna lächelte ein wenig. „In echt?“

„In ultimo echt.“ Silvania nickte ernst.

„Lächle bitte noch einmal“, bat Daka.

„Wieso?“ Luna runzelte die Stirn, lächelte dann aber.

„Du hast spitze Zähne“, stellte Daka fest.

„Spitze *Eck*zähne“, bekräftigte Silvania.

„Die habe ich von meiner Mutter“, meinte Luna.

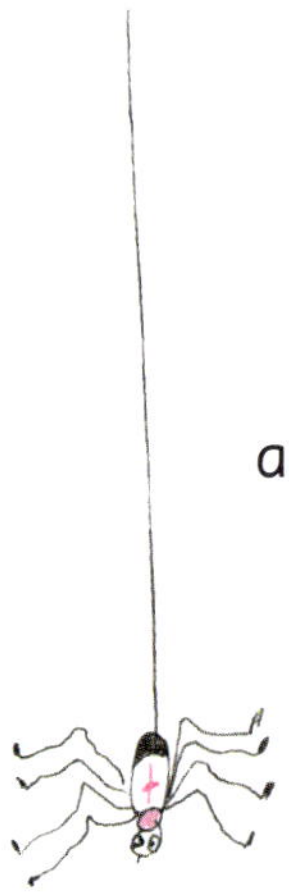

„Du bist blass und du …“, Daka schnüffelte an Luna. „Du muffelst ein bisschen.“

„Hä? Als ob!“, beschwerte sich Luna.

„So riechen halt Vam…“, begann Daka, doch Silvania unterbrach sie: „Warte noch, Daka.“

„Womit soll sie warten?“, wollte Luna wissen. „Und überhaupt, was sollen die ganzen Fragen?“

„Warte kurz hier, Luna“, sagte Silvania und zog Daka aus dem Klassenzimmer.

„Was hast du denn auf einmal?“, fragte Daka.

„Weg hier, dann erst reden und denken, sonst kann uns Luna verstehen“, flüsterte Silvania und flopste den Gang hinunter.

„Seit wann flopst du denn?“ Daka flopste hinterher.

„Seit niemand in der Nähe ist“, meinte Silvania und flog mit Daka eine Etage tiefer. In einer kleinen Abstellkammer verkrochen sie sich.

„Du glaubst auch, dass Luna ein Vampir ist, oder?“, fragte Daka.

Silvania schüttelte den Kopf. „Nein, ich glaube,

dass sie ein *Halb*vampir ist. Ihre Mutter ist ein Vampir. Timo Krause ist ein Mensch."

„Ultimo witzkik, das meinte ich doch", maulte Daka.

„Pst, leise. Wir müssen aufpassen, dass uns keiner hört. Außerdem kann Luna unsere Gedanken lesen, weil wir diese Bonbons gegessen haben. Wir dürfen auf keinen Fall durch unsere Gedanken verraten, dass wir Halbvampire sind."

„Wieso denn nicht? Sie ist doch auch einer!", wunderte sich Daka.

„Dafür brauchen wir erst Beweise. Und weißt du, was?", fragte Silvania.

„Was?", brummte Daka.

„Ich glaube, Luna weiß nicht, dass sie ein Halbvampir ist." Silvania blickte Daka in die Augen.

„Bist du snips?" Daka zeigte Silvania einen Vogel. „Das weiß man doch."

„Denk an das, was Fled Ex uns erzählt hat. Es gibt Menschen, also Vampire, die denken, dass sie Menschen sind ..." Silvania kratzte sich am Kopf. „Äh, also ich gebe zu, das ist kompliziert."

„Hmpf", brummte Daka. „Da hilft nur der ultimative Vampirtest."

„Pst", machte Silvania.

Jemand schlurfte an der Tür vorbei. „Wo sind sie hin, diese Biester?", hörten sie eine raue Stimme.

Erschrocken sahen sich die Vampirschwestern an.

Wer war das?, dachte Daka.

Keine Ahnung, antwortete Silvania in Gedanken. Der Hausmeister?

Was machen wir jetzt?, fragte Daka.

Die Vampirschwestern unterhielten sich nur über ihre Gedanken, um nicht entdeckt zu werden.

Verschwinden und herausfinden, ob Luna wirklich ein Vampir ist, schlug Silvania vor.

Halbvampir, meinte Daka.

Ultimo witzkik. Silvania verzog das Gesicht.

Vampirtest

Daka schob die Tür des Abstellraums auf. Niemand war zu sehen. Geräuschlos flogen Silvania und Daka die Treppe hoch und landeten vor dem Klassenraum, in dem Luna wartete.

Bevor sie hineingingen, sahen sie sich noch einmal um. Es war niemand da.

Vielleicht haben wir uns die Stimme nur eingebildet, dachte Silvania.

„Was habt ihr euch eingebildet?", fragte Luna. Sie hing kopfüber an der Tafel wie zuvor Daka und sah zufrieden aus. „Ist echt bequem, so abzuhängen."

„Luna. Wir machen jetzt einen Test mit dir", sagte Daka ernst. „Den ultimativen ..."

„Freundschaftstest", unterbrach Silvania.

„Wie geht das? Machen wir Blutsbrüderschaft?", fragte Luna.

„Nein, das wäre zu gefährlich", sagte Daka.

Auch Silvania schüttelte sich bei dem Gedanken daran. Blut durfte auf keinen Fall fließen, denn wenn Luna ein Va... Silvania stoppte ihren Gedanken.

„Wenn ich was bin?", fragte Luna Silvania.

„Nichts", behauptete Silvania.

„Du hast doch gerade gedacht, dass kein Blut fließen darf, wenn ich ein Va... was bin?" Luna ließ nicht locker.

„Eine wahre Freundin", lenkte Daka ab. „Wir testen jetzt, ob du eine wahre Freundin bist."

„Stell dich mal hier vor den Spiegel." Silvania winkte Luna an das Waschbecken in der Ecke des Klassenzimmers.

Luna machte einen Salto von der Tafel hinunter.

„Bist du gerade geflogen?", fragte Daka.

„Ich ... äh", stammelte Luna. „Also manchmal

springe ich sehr hoch. Es fühlt sich fast an wie fliegen. Aber Mama sagt immer, ich wäre halt sehr sportlich. Ach so, ich soll ja zum Spiegel." Luna flopste zum Waschbecken.

„Bist du gerade geflopst?", wunderte sich Silvania.

„Gehopst?", wollte Luna wissen. „Ja."

„Wir sagen dazu flopsen, wenn man ganz schnell von einem Ort zum anderen hüpft", erklärte Daka.

„Vorhin hast du doch gesagt, flopsen heißt kippeln. Transsilvanisch ist eine lustige Sprache", meinte Luna und sah in den Spiegel.

„Aha!", stellte Silvania fest. „Du bist verwaschen."

„Hä? Als ob!“, beschwerte sich Luna.

„Man sieht dich leicht verschwommen und unscharf im Spiegel, schau!“ Silvania zeigte Luna ihr Spiegelbild.

„Deswegen kann ich mir so schlecht Ohrringe ins Ohr stecken“, rief Luna. „Aber warum bin ich verschwommen?“

„Damit ist es bewiesen!“, sagte Daka.

„Meinst du?“, zweifelte Silvania.

„Wir müssen nichts mehr weiter testen. Sie fliegt, sie flopst, sie mag Blut, ihr Spiegelbild ist verschwommen, sie futtert Spinnen und so weiter“, zählte Daka auf.

„Ich mag Blutwurst, nicht Blut. Wobei …“ Luna leckte sich die Lippen.

„Siehst du?“, triumphierte Daka. „Das ist der Beweis.“

„Für was denn?“ Luna stemmte die Hände in die Hüften. „Wahre Freundschaft?“

Nee, dass du ein Halbvampir bist, dachten die Vampirschwestern gleichzeitig.

Luna starrte die Vampirschwestern ungläubig an.

Ich bin ein Halbvampir? Ihre Gedanken rasten. Dazu rasten Silvanias Gedanken und Dakas Gedanken. In Lunas Kopf wirbelten tausend Fragen hin und her und die Vampirschwestern antworteten ihr auf jede einzelne. Es war ein wildes Gedankenpingpong! Luna verstand auf einmal die Welt nicht mehr. Gleichzeitig eröffnete sich ihr eine ganz neue Welt. Eine Welt, in der es Vampire gab. Eine Welt, die sie erst jetzt richtig verstand. Sie verstand, dass sie nicht sportlich war, sondern fliegen konnte. Und flopsen. Sie verstand, warum sie nachts wach und tagsüber müde war. Sie verstand, warum ihre Mutter so blass war und manchmal kopfüber an der Gardinenstange hing …

Silvania und Daka konnten spüren, wie Luna ein Licht nach dem anderen aufging. Nur eine Frage blieb am Ende offen: „Warum hat Mama mir nie gesagt, dass sie ein Vampir ist? Und dass ich ein Halbvampir bin?“, wunderte sie sich.

„Das finden wir jetzt heraus!“, sagte Daka entschlossen.

Die Vampirschwestern zogen Luna aus dem Klassenzimmer.

„Ich kriege euch, ihr blutsaugenden Biester!“, war plötzlich eine heisere Stimme zu hören.

Erschrocken sahen sich die Mädchen an.

Blutsaugende Biester? Waren damit etwa Vampire gemeint? Luna riss die Augen auf.

„Ist das ein Vampirjäger?“, wisperte sie.

Silvania legte den Zeigefinger an die Lippen. Nicht reden, nur denken, dachte sie.

Daka und Luna nickten. Silvania und Daka erklärten Luna durch ihre Gedanken, dass sie die Stimme vorhin schon einmal gehört hatten. Und Luna glaubte, die Stimme erkannt zu haben. Sie klang wie die Stimme von diesem Zauberer.

Silvania und Daka nickten. Das könnte stimmen. Dann war Ali Bin Schick kein Zauberer. Sondern ein … Vampirjäger! Silvania und Daka wagten es kaum zu denken. Fled Ex hatte recht gehabt. Die Vampirjäger waren auf dem Vormarsch. Und einer von ihnen trieb sich hier in Bindburg herum. Ausgerechnet an dieser Schule.

Die Mädchen verließen das Klassenzimmer, so leise sie konnten, und atmeten auf. Niemand war zu sehen. Damit sie nicht so schnell entdeckt wurden, falls doch jemand durch die Gänge schlich, hoben sie ab und flogen hoch unter der Decke entlang.

Daka nahm Luna erst an die Hand, doch Luna brauchte keine Hilfe. Obwohl sie bisher immer nur aus Versehen ein Stück geflogen war, konnte sie es schon richtig gut. Sie senkte den Kopf leicht und legte die Arme dicht an. Zum Bremsen richtete sie den Oberkörper ein wenig auf und drehte die Handflächen nach vorn. Und um die Kurven lenkte sie mit ihrem ganzen Körper.

Silvania staunte. Vampire lernten mit ungefähr sechs Jahren das Fliegen und Silvania hatte sehr lang gebraucht, bis sie einigermaßen bremsen und lenken konnte. Luna hatte gerade erst entdeckt, dass sie ein Halbvampir war, und flog einfach los, ohne irgendwo anzustoßen.

Du bist ein Naturtalent, dachte Silvania.

Du fliegst echt wie ein Profi, dachte Daka.

„Das ist … wie sagt ihr? Zensatoi futzi!“, jubelte Luna laut.

„Pst“, machten Silvania und Daka.

Doch es schien niemand mehr da zu sein.

Die Mädchen landeten und liefen aus dem Schulgebäude hinaus auf den Schulhof.

„Da ist er!“, zischte Daka Silvania und Luna zu.

Verheiratet mit einem Vampir

Ali Bin Schick verkaufte gerade ein Schönschreibheft.

„Hm. Er sieht harmlos aus“, meinte Luna.

„Aber wer ist da herumgeschlichen und hat Biester gejagt?“, fragte Daka.

„Blutsaugende Biester.“ Silvania zitterte. „Das war echt unheimlich.“

Ich krieg dich, du blutsaugendes Biest!, hörten die Mädchen plötzlich einen sehr lauten Gedanken.

Und dann einen kleinen Knall.

Ali Bin Schick hatte sich auf den Arm geschlagen. Dann sah er in die verblüfften Gesichter der Mäd-

chen. „Heute Abend sind viele Mücken unterwegs. Lauter blutsaugende Biester. Selbst im Schulgebäude haben sie mich vorhin gestochen, als ich auf der Toilette war. Ich habe schon drei Stiche und die jucken wie verrückt." Ali Bin Schick kratzte sich am Nacken, am Arm und am Po.

Daka grinste.

Silvania kicherte.

Damit war alles klar. Ali Bin Schick war vorhin im Schulgebäude auf der Toilette gewesen und von einer Mücke gestochen worden. Deswegen hatten sie seine Stimme gehört. Vielmehr seine Gedanken.

Luna atmete erleichtert aus. „Puh, erst erfahre ich, dass ich ein Halbvampir bin, und kurz danach verfolgt mich ein Vampirjäger. Dabei jagt Ali Bin Schick nur Mücken."

Die Vampirschwestern lachten.

„Komm", sagte Daka. „Wir gehen zu unseren Eltern."

Luna nickte. „Und dann will ich von Mama wissen, warum ich nicht erfahren durfte, dass ich ein Halbvampir bin."

„Warte mal.“ Silvania hielt Luna zurück. „Lass uns noch ein paar Bonbons kaufen. Ich glaube, die Bonbons wirken nicht mehr. Ich höre nur noch meine eigenen Gedanken.“

„Wieso das denn? Ich habe genug Gedanken gehört. Die machen einen ganz verrückt.“ Daka verdrehte die Augen.

„Na ja“, Silvania sah Luna und Daka an. „Es hat bestimmt einen Grund, warum dir deine Mutter nicht die Wahrheit gesagt hat. Und vielleicht solltest du sie erst mal heimlich fragen. Damit dein Vater es nicht gleich hört.“

„Du meinst, in Gedanken?“ Daka überlegte. „Silvania hat recht.“

Silvania kaufte noch ein paar Bonbons und die Mädchen suchten ihre Eltern. Die Rede der Schuldirektorin in der Aula war gerade vorbei und die Leute strömten zurück auf den Schulhof. Es dauerte eine Weile, bis sie Mihai, Elvira, Timo und Salamina entdeckten. Die vier saßen an einem Tisch und unterhielten sich. Oder vielmehr schwiegen sich an. Die Erwachsenen schienen sich nicht so gut zu verstehen.

„Ach, da seid ihr ja, meine Fledermäuschen“, freute sich Elvira, als sie ihre Töchter entdeckte.

Timo sah Elvira erstaunt an. „Du nennst deine Mädchen Fledermäuschen?“

„Na ja. Warum denn nicht?“ Elvira zuckte mit den Schultern.

„Stimmt eigentlich. Dein Mann sieht auch ein bisschen aus wie Batman mit seinen schwarzen Sachen.“ Timo kicherte.

„Hrmpf.“ Mihai blickte Timo finster an.

„*Bat* ist Englisch und heißt Fledermaus, Papa“, erklärte Silvania.

„Ich weiß, was *Bat* heißt“, knurrte Mihai. „Aber sehe ich aus wie eine Fledermaus?“

„Batman ist ein Film über einen Mann, der sich in eine Fledermaus verwandeln kann und Gutes tut“, sagte Elvira.

„Bin ich hier im Kino, Timo?“ Mihai schnaufte.

„Verwandelst du dich denn manchmal in eine Fledermaus?“, fragte Salamina ernsthaft interessiert.

„Na ja. Schon irgendwie.“ Mihai räusperte sich.

„Aber ich bin keine Fledermaus. Ich bin ein Va…“ Weiter kam Mihai nicht.

„Warmherziger Mann! Du tust auf jeden Fall Gutes!“, rief Elvira und gab Mihai einen Kuss.

„Büarg! Mama! Muss das sein?“ Daka schüttelte sich.

Elvira lachte. „Warum ist küssen verboten?“

„Weil halt“, brummte Daka. „Außerdem habe ich Durst.“

„Ich auch“, meinte Timo. „Komm, wir holen etwas zu trinken.“

„Ich komme mit“, sagte Mihai und erhob sich.

„Ich auch“, beeilte sich Elvira zu sagen. Sie wollte ihren Mann auf keinen Fall mit Timo Krause allein lassen.

Schließlich saßen nur noch Silvania, Luna und Salamina am Tisch.

„Möchtest du ein Bonbon, Mama?“, fragte Luna.

Salamina schüttelte den Kopf.

Luna seufzte und sah Silvania an. „Wolltest du nicht zur Toilette?“

„Ich?“, fragte Silvania. Doch dann verstand sie,

dass Luna mit ihrer Mutter allein sein wollte. „Ach so.“

Schnell stand Silvania auf und lief hinter einen Getränkestand, um das Gespräch zwischen Luna und ihrer Mutter zu belauschen.

Luna sagte eine Weile nichts.

„Was ist los, Luna?“, fragte Salamina.

Luna holte tief Luft. „Mama, bist du ein Vampir?“

Salamina sah ihre Tochter erschrocken an. Doch dann nickte sie. „Eines Tages musstest du es ja herausfinden.“

Und dann erzählte Salamina Luna die ganze Wahrheit. Dass sie ein Vampir war und als Studentin auf einer Reise durch Deutschland Timo Krause kennengelernt hatte. An einem Bratwurststand. Timo Krause liebte Bratwurst. Salamina verliebte sich auf der Stelle in Timo Krause. In seine grünen Augen und seine sanfte Stimme. Und Timo verliebte sich in Salamina. In ihre nachtschwarzen Augen und ihre weichen Haare. Und noch bevor Salamina ihm die Wahrheit sagen konnte, hatten sie sich geküsst. Und dieser Kuss hatte so gut

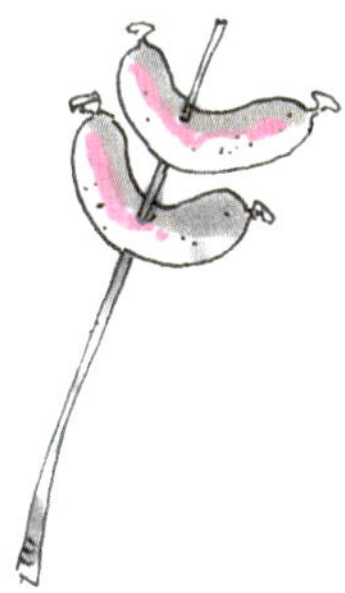

geschmeckt, dass Timo alles vergaß. Er schmeckte nach Bratwurst und Salami! Salamina vergaß darüber völlig, Timo zu sagen, dass sie ein Vampir war. Und irgendwann war es zu spät. Da konnte sie es ihm nicht mehr sagen, weil sie Angst hatte, dass er sie dann verlassen würde. Salamina blieb in Bindburg und die beiden heirateten und bekamen Luna. Timo bemerkte nicht, dass Luna anders war als andere Babys. Selbst als Luna ihrem Papa ständig in den Finger biss, dachte er sich nichts dabei. Und Sa-

lamina beschloss, ihm weiterhin nichts zu sagen und auch Luna nichts zu verraten. Irgendwie hoffte sie, dass Luna vielleicht gar nicht so vampirisch werden würde.

„Dabei warst du von Anfang an eindeutig ein Halbvampir“, meinte Salamina.

„Echt jetzt?“ Luna staunte.

„Manchmal habe ich dich in unserem Bett schlafen lassen. Dann bist du aufgewacht und an die Gardinenstange geflopst.“

Luna kicherte.

„Einmal bin ich vor Schreck sofort hinterhergeflogen“, erzählte Salamina weiter. „Und weil Papa in dem Moment aufwachte, musste ich ihm erzählen, dass er wohl zu viel Bier getrunken hätte und deshalb glaubte, ich wäre geflogen.“

Luna nickte ernst. „Wir müssen Papa die Wahrheit sagen.“

Salamina nickte ebenfalls. „Aber wie? Ich weiß gar nicht, wo ich anfangen soll …“

Silvania ging zurück zu Luna und ihrer Mutter. „Wir geben ihm einfach ein Bonbon!“

„Ein Bonbon?“ Salamina sah Silvania fragend an, die ihr ein Bonbon reichte.

Salamina steckte es in ihren Mund und lutschte.

Silvania schickte ihr ihre Gedanken.

Dann lächelte Salamina. „Jetzt verstehe ich. Ich wusste doch gleich, dass ihr auch anders seid und Mihai kein normaler Mann ist!“

„Wie bitte? Ich bin nicht normal?“, beschwerte sich Mihai, der mit Timo, Elvira und Daka zurück an den Tisch kam.

Sie verteilten die Getränke und Silvania verteilte die Bonbons. „Das sind ganz besondere Bonbons, jeder muss probieren“, bestimmte sie. „Die sind fast so gut wie Blutscher“, sagte sie, als Mihai sein Bonbon ablehnen wollte. Blutscher waren vampwanische Süßigkeiten.

„Also gut.“ Mihai schob sich ein Bonbon in den Mund.

Auch Elvira und Timo lutschten neugierig.

Was soll jetzt an den Bonbons so besonders sein?, dachte Elvira.

Das frage ich mich auch, dachte Timo.

Elvira und Timo sahen sich erstaunt an. „Kannst du etwa …“, begann Elvira.

„… Gedanken lesen?“, beendete Timo ihren Satz.

Ein wilder Gedankensalat entstand: Luna erklärte in Gedanken, dass man mit den Bonbons Gedanken lesen konnte. Und dann erklärte sie zusammen mit Salamina die Wahrheit über Vampire. Timo saß da und starrte seine Frau und seine Tochter ungläubig an.

Auch Elvira und Mihai hörten stumm und staunend den Gedanken der beiden zu. Da gab es ein Paar, das genauso war wie sie. Nur umgekehrt. Sie war ein Vampir. Er war ein Mensch. Und sie hatten eine Halbvampirtochter! Das war ja unglaublich!

Na ja, dachte Mihai und sah seine Zwillinge an. Eigentlich ganz normal.

Wie bitte?, empörte sich Timo. Das ist überhaupt nicht normal. Ich bin mit einem Vampir verheiratet! Vor Schreck verschluckte er sein Bonbon gleich wieder und konnte die Gedanken nicht mehr hören.

Elvira lächelte Timo an. „Das ist gar nicht so

schlimm, wie es sich anhört", sagte sie sanft. „Meine Cousine ist mit einem Werwolf verheiratet."

Timo sah Elvira entsetzt an. „Was hast du denn für eine Familie?"

Salamina nahm Timos Hand. „Jede Familie ist anders. *Wir* sind anders. Ich bin froh, dass du es jetzt weißt."

„Meine Frau ist ein Vampir." Timo rieb sich die Stirn.

„Du siehst selbst fast aus wie ein waschechter Vampir!", stellte Mihai fest.

„Stimmt." Daka kicherte. „Du bist ganz blass im Gesicht."

„Fast so blass wie Mama und ich." Luna nahm Timos andere Hand. „Ich bin froh, dass ich jetzt endlich weiß, dass ich ganz normal bin. Du nicht auch, Papa?"

Timo nickte. „Normal. **Äh**, klar. Ganz normal." Und dann wurde Timo noch weißer im Gesicht.

„Ist alles in Ordnung?", fragte Salamina besorgt.

„Da“, zischte Timo. „Frau Knobel kommt genau auf uns zu.“

„Frau Knobel?“ Salamina sah Timo fragend an.

„Kati Knobel war unsere Mathelehrerin. Die schlimmste Lehrerin der ganzen Schule. Sie unterrichtet immer noch, obwohl sie längst in Rente wäre“, wisperte Elvira und versuchte, sich hinter Mihai zu verstecken.

Doch da hatte Frau Knobel Elvira schon entdeckt und kam auf sie zu. In der Hand hielt sie einen Maiskolben.

Silvania und Daka sahen sich erschrocken an. Das war die Frau, die sie bei Oma Rose in der Schillerstraße gesehen hatten. Sie blickte immer noch so finster drein und stank immer noch fürchterlich nach …

„Knoblauchalarm!“, zischte Daka und hielt sich die Nase zu.

Auch Silvania, Luna, Salamina und Mihai schüttelten sich bei dem Knoblauchgeruch, den Frau Knobel ausströmte. Oder vielmehr ihr Maiskolben mit Knoblauchbutter.

„Elvira Wagenzink und Timo Krause!“, rief Kati Knobel und wedelte mit ihrem Maiskolben vor Elvira und Timo herum. „Immer noch ein Paar, wie ich sehe. Und drei hübsche Mädchen.“

„Äh, nein, das stimmt nicht ganz“, widersprach Elvira, doch Frau Knobel hörte ihr gar nicht zu.

„Sie beide habe ich hier noch nie gesehen.“ Frau Knobel zeigte mit dem Maiskolben auf Mihai und Salamina, die entsetzt den Atem anhielten und trotzdem versuchten, höflich zu lächeln. Frau Knobel zuckte kurz zusammen. „Darf ich fragen, woher Sie kommen?“

„Transsilvanien“, antworteten Mihai und Salamina.

„Sehr interessant.“ Frau Knobel musterte die Vampirschwestern und Luna. Ihr Blick war hart und prüfend. „Wagenzink, Krause … Ihre Kinder sind sehr blass. Sie sollten ihnen mehr Knoblauch geben. Das ist gesund!“

Damit biss die Lehrerin in ihren Maiskolben und zog weiter.

Elvira und Timo atmeten erleichtert auf.

Silvania, Daka, Luna, Salamina und Mihai atmeten ebenfalls erleichtert auf. Oder besser ein. Endlich bekamen sie wieder frische Luft.

„Jetzt verstehe ich auch eure Knoblauchallergie“, meinte Timo. „Überhaupt verstehe ich jetzt alles!“

„Findest du es schlimm?“, fragte Salamina.

„Gar nicht. Ich finde es spannend.“ Timo küsste Salamina. „Niemand schmeckt so gut nach Salami wie du“, meinte er.

„Büärg! Küssen verboten!“, beschwerte sich Daka. Sie wandte sich an Silvania und Luna. „Kommt, bevor die Erwachsenen noch peinlicher werden, laufen wir ein bisschen herum."

Das ließen sich Silvania und Luna nicht zweimal sagen, zumal sie sich eine weitere Runde Bonbons genehmigt und Dakas Gedanken gelesen hatten: Lasst uns einen ruhigen Platz suchen und ein bisschen abhängen! Und Luna hatte ergänzt: und Fliegen üben!

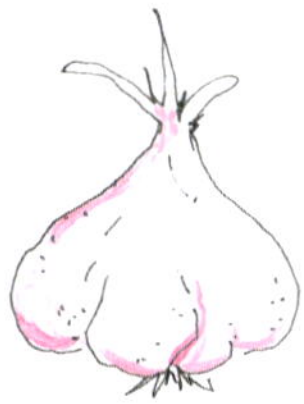

Fluchtflug

Silvania, Daka und Luna schlängelten sich an den Menschen auf dem Schulhof vorbei und schickten sich Botschaften über ihre Gedanken.

Wo kann man in einer Schule in Deutschland abhängen?, wollte Daka wissen.

In der Sporthalle, schlug Luna vor.

Sie liefen vom Schulhof hinunter und einen schmalen Weg entlang bis zu einer großen Halle. Hier war es nicht beleuchtet und es waren kaum noch Menschen unterwegs.

„Ich mag keinen Sport", jammerte Silvania laut.

„Da gibt es Kletterwände, Ringe, die an der Decke hängen, und Fußballtore …“, zählte Luna auf.

„Klettern? Ringe? Fußball?“ Silvania sah Luna verständnislos an.

„Na, ihr wolltet doch abhängen!“, rief Luna. „An den Geräten kann man abhängen.“

„Klingt boibine“, meinte Daka.

Luna lief zu einer Tür an der Sporthalle und rüttelte daran. „Mist, abgeschlossen.“ Sie wandte sich an die Vampirschwestern. „Irgendeine Tür ist vielleicht offen, lasst uns nachschauen.“

Daka hob ab. „Lust auf einen Fugli Noap?“

„Au ja! Fliegen!“ Luna flog hoch und folgte Daka.

Nur Silvania hatte keine Lust auf Fliegen und lief hinterher.

Aufgeregt winkten ihr Daka und Luna zu, als sie um die Sporthalle herumgelaufen kam.

Ah, eine offene Tür, las Silvania ihre Gedanken und flopste zu ihnen.

Die Mädchen gelangten in einen kleinen Raum.

„Oh, hier kann man echt prima abhängen!“, freute

sich Daka. „Und es riecht so schön muffelig.“

„Das ist die Umkleidekabine“, erklärte Luna. Sie knipste das Licht an. Es flackerte.

„Lass das Licht aus, wir können im Dunkeln sehen.“ Daka hielt sich die Hand vor die Augen.

„Stimmt. Ich muss mich erst noch daran gewöhnen, ein Halbvampir zu sein.“ Luna grinste. Sie ging zur Tür, die in die Halle führte. Darauf war ein Schild mit einem Jungen abgebildet. „Wir sind hier in der Umkleide für Jungs. Deswegen muffelt es so.“ Luna zeigte mit dem Finger auf die Tür. „Kommt, hier geht es in die Sporthalle!“

Silvania und Daka folgten ihr.

„Ultimo coolox!“ Daka staunte. „Hier kann man richtig gut Flugsport machen!“

Luna kicherte. „Das hört sich spannender an als Schulsport!“

Daka hob ab und flog steil an die Decke. Dort bremste sie elegant und breitete die Arme aus. „Hier kann man Segelflug üben!“, freute sich Daka.

Doch dann legte sie ihre Arme wieder eng an ihren

Körper und flog blitzschnell durch einen großen Reifen, der an der Decke hing.

„Au ja! Bring mir alle deine Flugtricks bei!“, jubelte Luna und hob ebenfalls ab.

„Ich dachte, wir wollten abhängen“, brummte Silvania.

Sie entdeckte eine Kletterwand, unter der eine dicke Matte lag, und hängte sich kopfüber daran. Eine Weile beobachtete sie, wie Daka Luna Flugtricks zeigte.

Sie flogen Salti, übten Sturzflug, Gleitflug und Sinkflug. Luna war wirklich ein Naturtalent!

„Jetzt üben wir schnelles Fliegen!“, schlug Daka vor.

„Wie geht das?“, wollte Luna wissen.

Daka lachte. „Ganz einfach: Wir spielen Fangen!“

Luna verstand und flog schnell von Daka weg. „Du bist!“

Daka jagte hinterher. „Hab dich!“, rief sie und schnappte sich Lunas Fuß.

„Woah!“, rief Luna. Sie hatte ihr Fluggleichgewicht verloren und zappelte wild mit Armen und Beinen.

„Pompfe!“, schrie Daka, die von Lunas Gezappel überrascht wurde und ebenfalls das Gleichgewicht verlor.

Silvania sah erschrocken nach oben. Luna und Daka waren genau über ihr.

Sie wollte den beiden zu Hilfe fliegen, doch ihr Schuh steckte in den Sprossen der Kletterwand fest. Noch bevor sie sich befreien konnte, landeten Daka und Luna mit einem lauten Klatsch! auf der Matte!

In dem Moment hatte Silvania ihren Fuß aus der

Kletterwand befreit und plumpste ebenfalls auf die Matte.

„Aij“, rief sie, obwohl es gar nicht wehgetan hatte. Die Matte war dick und weich.

Atemlos sahen sich die drei Halbvampire an und kicherten.

Dann wurde Luna plötzlich ernst. „Ich bin echt froh, dass ich euch getroffen habe!“, sagte Luna.

„Wir auch“, sagten die Vampirschwestern.

„Hab ich den Freundinnentest bestanden?“, fragte Luna und kicherte wieder.

„Klarox!“, riefen Silvania und Daka.

„Den Freundinnen-Halbvampir-Test!“, korrigierte Silvania.

„Und jetzt noch eine Runde Bonbons, dann schicken wir uns lustige Gedanken und hängen eine Runde ab!“, beschloss Daka und Silvania verteilte die Bonbons.

Luna lutschte zufrieden. „Das klingt gut!“

„Das klingt furchtbar!“, ertönte auf einmal eine schneidende Stimme und das Licht in der Halle wur-

de angeknipst. Mit einem Ruck drehten sich die drei Mädchen um.

Frau Knobel kam in die Halle gelaufen und baute sich vor der Matte auf. „Was tut ihr hier? Die Sporthalle ist für die Gäste verboten!“ Aus ihren Augen schossen finstere Blitze und aus ihrem Mund entwichen widerliche Dämpfe.

„Frau Knoblauch!“ Luna würgte.

„Mein Name ist Knobel. Kati Knobel“, zischte die strenge Mathelehrerin. „Und ich finde es unmöglich, dass die Jugend von heute immer nur *abhängen* will.“

„Äh, wir wollten …“, versuchte Silvania sich zu verteidigen.

„Und dann dieses *Chillen*. Alle wollen immer nur *chillen*!“ Frau Knobel schnaubte und wieder entwich ihrem Mund eine dicke Knoblauchwolke.

Silvania, Daka und Luna standen von der Matte auf.

„Was ist denn an *grillen* so falsch? Schmeckt doch lecker.“ Daka zuckte mit den Schultern.

„Sie meint *chillen*. Das sagt man so zum Abhängen“, erklärte Luna mit zugehaltener Nase.

„Abhängen, chillen!“, schimpfte Frau Knobel. „Wenn das jeder machen würde!“

Wenn Daka eins nicht leiden konnte, dann waren es Erwachsene, besonders Lehrer, die meinten, man könnte Kinder einfach so anmeckern. Sie trat Frau Knobel herausfordernd entgegen „Wir fliegen auch viel.“

„Pah, wie Überflieger seht ihr nun wirklich nicht aus.“ Frau Knobel musterte die Mädchen. „Ihr seht aus wie Kinder, die zu viel chillen. Ihr seid ganz blass.“

„Sonne ist ja auch nicht so gesund für die Haut“, wandte Silvania ein und lächelte höflich.

„Und ihr ernährt euch nicht gut. Ihr habt so spitze Zähne. Ihr braucht mehr Calcium. Das macht kräftige Zähne.“ Frau Knobel näherte sich Silvanias Mund.

Schnell schloss Silvania ihren Mund und Daka schob sich zwischen die beiden.

„Chhhh“, fauchte sie und ihre Eckzähne blitzten auf. „Machen Sie sich um unsere Zähne keine Gedanken. Die sind stark genug!“

Erschrocken trat Frau Knobel einen Schritt zurück. „Was ist denn in dich gefahren?“ Sie runzelte die Stirn und musterte erst Daka, dann Silvania und Luna. „Kann es sein, dass ihr gar nicht die Kinder von Elvira Wagenzink und Timo Brause seid? Dafür seid ihr viel zu … ungewöhnlich.“

„Äh“, machten die Vampirschwestern und Luna.

„Ihr seid die Kinder von diesem Paar aus Transsilvanien. Die hatten auch so spitze Zähne, das habe ich gesehen, als sie gelächelt haben.“ Frau Knobel fasste an das Kreuz an ihrer Halskette und man konnte ihr ansehen, dass sie über etwas nachdachte.

Silvania, Daka und Luna konnten diese Gedanken lesen: Das ist doch alles sehr merkwürdig und typisch für V… Hier machten Frau Knobels Gedanken plötzlich halt.

Dafür rasten Silvanias, Dakas und Lunas Gedanken. Typisch für Vampire? Hatte die Knobel das gemeint?

Frau Knobel musterte die Kinder erneut kritisch und dachte dann weiter: Sie sind so blass. Die Frau und der Mann haben gesagt, dass sie aus Transsilvanien kommen. Sie haben spitze Zähne. Das blonde Mädchen hat gesagt, dass es die Sonne nicht gut verträgt … Sie sind wirklich merkwürdig. Ich muss herausfinden, was dahintersteckt.

Noch bevor Frau Knobel etwas unternehmen konnte, flackerte das Licht in der Halle und ging aus. Daka nutzte die Gelegenheit und packte Silvania und Luna an den Händen. Mit einem Ruck schwang sie sich in die Luft und flog mit ihnen im Zickzackflug durch die Halle. Silvania und Luna waren so überrumpelt, dass sie nicht beim Fliegen halfen und

Daka die beiden ächzend hinunter in die enge Jungskabine ziehen musste.

Dort landeten die drei und rannten zum Ausgang. Daka hielt die Tür auf, damit Silvania und Luna hindurchflopsen konnten. Dann rannten sie zu dritt um die Sporthalle herum und versteckten sich hinter einem Busch. Daka sah sich um. Immerhin war ihnen diese Frau Knoblauch nicht gefolgt.

„Trotzdem wird sie uns nicht in Ruhe lassen!“, antwortete Silvania auf Dakas Gedanken.

„Ist sie eine Vampirjägerin?“ Lunas Stimme zitterte.

„Gumox!“, rief Daka. „Du hast doch ihre Gedanken gehört. Sie findet uns merkwürdig. Das ist alles …“

„Aber wir sind vor ihren Augen weggeflogen“, gab Silvania zu bedenken.

„Das Licht war doch aus. Bestimmt hat sie es gar nicht so genau gesehen“, meinte Daka.

Die schnappe ich mir!, ertönte da ein Gedanke.

Und diesmal waren weder nervige Mücken noch Ali Bin Schick in der Nähe. Der Gedanke konnte also nur von Frau Knobel kommen.

„Sie *ist* eine Vampirjägerin!“, wisperte Luna ängstlich.

„Keine Muffski, bleib coolox. Uns fällt schon was ein!“, beruhigte Daka sie.

„Wir könnten ihr ja beweisen, dass wir *keine* Vampire sind“, überlegte Silvania.

„Und wie beweist man, dass man *kein* Vampir ist?“, fragte Luna.

Daka zuckte mit den Schultern. „Wir könnten Knoblauch vor den Augen von Frau Knobel essen.“

„Bist du snips? Hast du vergessen, was passiert ist, als du mal aus Versehen Opa Gustavs Knoblauchtabletten gelutscht hast? Und Opa Gobol hatte eine Knoblauchvergiftung!“ Silvania schüttelte den Kopf.

Auch Luna wurde bei dem Gedanken an Knoblauch ganz schlecht.

„Wir verschwinden einfach von hier“, schlug Daka vor.

„Und was ist mit unseren Eltern?“, fragte Luna.

„Die müssen wir mitnehmen.“ Diesmal nahm Silvania Daka und Luna an die Hand und die Mädchen schlichen sich durch die Büsche zurück zum Schulhof.

Freche Blutsauger

Je näher die Vampirschwestern und Luna dem Schulhof kamen, desto lauter wurde es. Zum einen hörten sie wieder viele, viele Gedanken und dann gab es einen lauten Tusch und eine Band begann zu spielen. Zum Glück war die Musik so laut, dass die Mädchen die Gedanken der Leute kaum noch hörten. Auf dem Schulhof angekommen, stellten sie fest, dass ihre Eltern nicht mehr an dem Tisch saßen. Sie waren nirgends zu sehen. Die drei Mädchen suchten überall.

„Na toll. Wo sind die denn jetzt hin?“, wollte Luna

wissen. „Wir werden von einer verrückten Vampirjägerin verfolgt und unsere Eltern sind weg."

Silvania zeigte in die Mitte des Schulhofs: „Da sind sie!"

„Oh, njop! Sie tanzen!" Daka verzog das Gesicht. „Ultimo jenanto!"

Tatsächlich entdeckte nun auch Luna die Erwachsenen. Die Band spielte auf einer kleinen Bühne und Mihai wirbelte Elvira herum. Timo ließ sich von Salamina ebenfalls schwungvoll über die Tanzfläche

schieben. Während sich Elvira und Salamina drehten, tauschten die Paare und Mihai tanzte mit Salamina und Elvira mit Timo weiter.

Elvira und Timo machten eine gute Figur beim Tanzen, doch Mihai und Salamina zogen alle Blicke auf sich. Schließlich hob Mihai Salamina nach oben und es sah aus, als würde sie über ihm schweben – was auch der Fall war!

„Deine Mama fliegt!“, stellte Silvania fest. „Sind die snips? Was sollen denn die Leute denken?“

„Hoffentlich dasselbe, was Papa damals gedacht hat, als Mama vor seinen Augen geflogen ist“, murmelte Luna. „Dass sie zu viel Bier getrunken haben.“

Daka lachte.

Doch dann war das Lied zu Ende und die Musik hörte auf. Damit drangen wieder Gedanken in die Köpfe der Mädchen. Einer davon war unüberhörbar: „Ha, da sehe ich es! Diese schwarzhaarige Frau fliegt ja! Na, die können was erleben, die reibe ich mit Knoblauch ein …“

Mehr hörten Silvania, Daka und Luna nicht, denn die Musik setzte erneut ein.

Suchend sahen sie sich um. Sie konnten Frau Knobel nirgends entdecken.

„Wir müssen unsere Eltern warnen!“, rief Daka. Sie zog Silvania und Luna mitten durch die Menge hindurch.

Als sie bei ihren Eltern ankamen, strahlten diese und Timo schnappte sich Luna, Salamina schnappte sich Daka und Mihai tanzte mit Silvania. Elvira winkte kurz und machte ein Zeichen, dass sie etwas zu trinken holen wollte.

„Nein!“, riefen Silvania, Daka und Luna, doch die Erwachsenen tanzten einfach weiter.

„Ich bin so froh, dass wir euch getroffen haben!“, freute sich Salamina. „Endlich muss ich nicht mehr verheimlichen, wer ich bin!“

Daka nickte. „Ja, aber wir müssen euch was sagen!“

„Was fragen?“, rief Salamina.

„Wir werden gejagt!“, brüllte Daka.

„Wer mag Spinat?“, fragte Salamina.

„Papa, Frau Knobel ist eine Vampirjägerin!“, schrie Luna Timo ins Ohr.

„Frau Knobel ist Papierschlägerin?“, wunderte sich Timo. „Na ja, sie ist eben Lehrerin!“, rief er.

Luna verdrehte die Augen.

Auch Silvania wurde von Mihai nicht verstanden. „Diese Frau Knobel weiß alles über uns Vampire!“

„Sie weiß alles über Klaviere? Ist sie auch Musiklehrerin?“, rief Mihai verblüfft.

Silvania schüttelte den Kopf. Sie versuchte, Mihai von der Tanzfläche zu ziehen, doch genau wie Timo und Salamina ließen sich die Erwachsenen nicht vom Tanzen abhalten, sie waren zu gut gelaunt. Leider war auch die Band jetzt nicht mehr zu stoppen und spielte ohne Pause einen Hit nach dem anderen. Elvira war inzwischen zurück und zappelte fröhlich im Takt.

Silvania überließ ihr Mihai. Sie gab Daka und Luna ein Zeichen. Die nickten und die Mädchen zogen sich zurück auf eine Bank unter einem Baum am Rand des Schulhofs.

„Was machen wir denn jetzt?“, stöhnte Silvania.

„Auf die Erwachsenen ist mal wieder kein Verlass!“ Daka schüttelte den Kopf.

„Wir müssen die Knobel stoppen. Aber wie?“ Luna seufzte.

„Nit verzage, Fled Ex frage“, hörten die Mädchen auf einmal die Postfledermaus sagen.

Silvania und Daka sahen sofort nach oben.

„Fled Ex!“, rief Daka. „Was machst du denn hier?“

„Abhänge naturli!“ Fled Ex schaukelte mit dem Kopf nach unten an einem Ast.

„Luna, das ist Fled Ex. Die berühmteste Postfleder-

maus der Vampirwelt“, stellte Daka die Fledermaus vor. „Er kann sprechen.“

„Hallo!“ Luna winkte Fled Ex zu.

„Ciao, Bella. Aber musste bissi leise sein.“ Fled Ex zeigte auf Kobix, der neben ihm baumelte. „Der Kleine schläfte. Iste sehr mude von ganze Tag Post verteile.“

„Der Kleine ist Kobix“, erklärte Silvania Luna und wandte sich wieder an Fled Ex. „Wenn ihr es ruhig wollt, wieso seid ihr ausgerechnet hier auf das Schulfest gekommen?“

„Iste ganz logix!“, meinte Fled Ex. „Gibte hier viele Lampe, die locke die leckere Falter!“

„Verstehe. Futtern und abhängen. Klingt gut!“ Daka grinste.

„Aber ihr klingte nit gut. Was ist das für eine Rätsel, die ihr nit löse könnte?“, wollte Fled Ex wissen.

„Rätsel?“, fragte Silvania.

Fled Ex wedelte mit seinen Flügeln. „Na, diese Knobel.“

„Ach so. Frau Knobel. Das ist eine strenge Lehrerin, die herausgefunden hat, dass wir Vampire sind. Also Halbvampire“, erklärte Daka.

„Ah, jetzte erkenne i diese hubsche Luna! Du biste Tochter von Salamina, der i immer bringe transsilvanische Heimaterde und Wildschweinkeule.“ Fled Ex strich Luna über die Stirn. „Haste du endlich erkannte, wer du biste, kleine Vampyra semoi!“

„Aber jetzt will uns diese Frau Knobel mit Knoblauch verfolgen.“ Luna schüttelte sich.

„Ah, musste du do nit Angst habe vor diese Knobelfrau. Die musse Angste vor euch habe.“ Fled Ex schnappte sich eine Mücke, die vorbeiflog. „Diese frecke Blutsauger smecke fantastico heute Nacht!“

„Ha!“, rief Daka. „Das ist es. *Wir* sind freche Blutsauger und diese Frau Knobel sollte sich vor *uns* in Acht nehmen. Wir suchen sie und jagen ihr einen schönen Schreck ein!“

Silvania und Luna sahen sich an und lasen gegenseitig ihre Gedanken. Sie wollten eigentlich niemandem einen Schreck einjagen. Sie wollten einfach in Ruhe Vampire sein. Also Halbvampire.

Auch Daka verstand die Gedanken der anderen. „Na ja. Wenigstens einen kleinen Schreck?“

„Mal schauen. Erst mal müssen wir Frau Knobel überhaupt finden“, meinte Silvania und blickte über den Schulhof.

Die Band spielte und viele ehemalige Schüler tanzten. Andere standen oder saßen in Gruppen zusammen und unterhielten sich. Ali Bin Schick war gerade dabei, seinen Stand zusammenzupacken.

„Vielleicht kann uns Ali Bin Schick helfen!“, rief Silvania.

„Stimmt!“ Luna verstand sofort, worauf Silvania hinauswollte. Wenn dieser Ali Bin Schick wirklich ein Zauberer war – und immerhin hatte er ihnen Bonbons verkauft, mit denen man Gedanken lesen konnte –, dann hatte er bestimmt auch etwas gegen Vampirjäger.

Auch Daka war sofort einverstanden, Ali Bin Schick aufzusuchen. „Vielleicht hat er einen guten Spruch gegen Vampirjäger!“

„He!“, rief Fled Ex empört. „Wenn du willste gute Spruck, kannste du au mi frage! Bin i beste und witzigste Spruckemacker von ganze Welt!“

Silvania lächelte. „Du bist immer der Beste!" Sie knuddelte die Postfledermaus und stand von der Bank auf.

Daka und Luna folgten ihr über den Schulhof zu Ali Bin Schick.

Wiedersehen mit Freude

„Na, wollt ihr noch mehr Bonbons?“, fragte Ali Bin Schick, als die Mädchen auf ihn zukamen.

„Nein, wir brauchen etwas gegen …“, begann Daka.

„Schlechte Noten?“, unterbrach Ali Bin Schick.

„Nein, also … Wir werden verfolgt. Von einer Lehrerin. Sie hat, äh, hat etwas rausgefunden über uns“, erklärte Silvania.

„Habt ihr geschummelt, abgeguckt, mit dem Stuhl gekippelt, eure Hausaufgaben vergessen …?“ Ali Bin Schick kramte in seinen Sachen.

„So ähnlich“, meinte Luna.

„Verstehe. Ihr braucht Lehrerlieb!“ Ali Bin Schick präsentierte den Mädchen eine kleine Flasche.

„Lehrerlieb?“, fragte Luna.

„Genau“, bestätigte Ali Bin Schick. „Ein Tropfen auf die Haut des Lehrers und er wird sehr nett. Hält aber nicht so lange an. Meistens nur für eine Schulstunde. Und wirkt auch nicht bei allen gleich gut. Manche Lehrer sind einfach zu schlimm.“

„Davon nehmen wir was!“, rief Daka.

„Ist aber ein wenig teuer“, warnte Ali Bin Schick.

„Dann holen wir schnell noch Geld“, sagte Silvania.

Ali Bin Schick zuckte mit den Schultern. „Aber beeilt euch, ich schließe jetzt.“

„Sie schließen erst, wenn das Fest vorbei ist!“, ertönte eine strenge Stimme.

Silvania, Daka und Luna erstarrten. Frau Knobel näherte sich mit erhobenem Zeigefinger.

Ali Bin Schick seufzte. „Alle tanzen, keiner kauft mehr was.“

„Egal, machen Sie weiter, Herr, *äh*, Schick!“, befahl

Frau Knobel. „Was verkaufen Sie überhaupt hier? Schul- und Scherzartikel. Finden Sie, dass Schule und Scherzen zusammenpasst?“

„Äh, nein, ganz sicher nicht!“, beeilte sich Ali Bin Schick zu sagen und murmelte: „Vor allem nicht mit so einer Lehrerin.“ Kurzerhand verpasste er Frau Knobel einen Spritzer Lehrerlieb.

Die Vampirschwestern und Luna kicherten. Aber nur kurz.

„Und nun zu euch!“ Frau Knobel wandte sich an die Mädchen, die fast umfielen. Die Lehrerin umgab noch immer eine fiese Knoblauchwolke. „Ich habe nachgedacht und ich muss mit euren Eltern reden.“

„Äh, wo…worüber denn?“, stammelte Silvania.

„Über alles. Und über eure Ernährung. Ich fürchte, ihr seid nicht normal!“ Frau Knobel musterte die Halbvampire.

„Und ich fürchte, die Tropfen wirken bei ihr nicht“, murmelte Ali Bin Schick entschuldigend. Er stellte sich wieder hinter seinen Stand.

Verzweifelt sahen sich Daka und Luna an. Wie sollten sie jetzt Frau Knobel loswerden? Doch da hatte

Silvania eine Idee: „Also morgen werde ich auf jeden Fall sehr früh aufstehen und mir den Sonnenaufgang ansehen!", rief sie.

Daka und Luna sahen sie verwirrt an. Silvania zwinkerte ihnen zu und fuhr fort: „Ich liebe die Sonne! Sie nicht auch, Frau Knobel?"

„Äh, ja. Geht es dir nicht gut, Kind?", fragte Frau Knobel verwirrt.

„Mir geht es ausgezeichnet, ich bin nur etwas müde. Es ist ja schon spät!" Silvania gähnte übertrieben, und weil die Bonbons kaum noch wirkten, flüsterte sie hinter ihrer vorgehaltenen Hand Daka und Luna zu: „Los, wir beweisen ihr, dass wir *keine* Vampire sind." Silvania streckte sich und seufzte: „Nachts bin ich immer so ultimo müde! Ich bin einfach gar kein Nachtmensch. Genau wie mein Papa. Der kann abends auch nicht lange aufbleiben."

Jetzt begriffen Daka und Luna und gähnten sofort mit Silvania mit.

„Oh. Ich bin auch so müde. Wir starten übrigens morgen in den Urlaub nach Alaska", behauptete Luna.

„Alaska?“, fragte Frau Knobel.

Luna nickte wichtig. „Da ist es jetzt ein halbes Jahr lang hell, denn meine Familie liebt die Sonne und die Helligkeit!“

„Warum seid ihr dann so blass?“, wollte Frau Knobel wissen.

„Ha!“, machte Daka. „Unsere Mutter achtet eben sehr auf Sonnenschutz. Wir benutzen immer Lichtschutzfaktor 1000.“

„Wie bitte?“ Frau Knobel schüttelte den Kopf. „Wieso achtet eure Mutter so sehr auf eure Haut, aber nicht auf eure Ernährung?“

„Aber sie achtet doch auf unsere Ernährung!“, entgegnete Silvania. „Wir essen viel Blu…Blumenkohl.“

Frau Knobel sah Silvania streng in die Augen. „Gebt es zu, ihr seid V…“

Weiter kam Frau Knobel nicht. Fled Ex kam angeflogen und flatterte wild vor Frau Knobels Gesicht herum.

„Rapido! Renne weg!“, rief er.

Silvania, Daka und Luna sahen sich an und nickten einander zu. Das war die Rettung.

„Danke, Fled!", schrie Daka der Fledermaus noch zu.

Dann rannten sie los. Leider rannten sie alle drei in verschiedene Richtungen. Luna rannte Richtung Schulgebäude. Silvania rannte Richtung Tanzfläche. Und Daka rannte auf den Ausgang zu.

„Huch, Hilfe!", hörten sie Frau Knobel kreischen. Sie wedelte wild mit den Armen und schlug nach Fled Ex, der aber geschickt ausweichen konnte und so schnell wieder verschwand, wie er gekommen war.

Die drei Halbvampir-Mädchen merkten, dass sie

nicht mehr zusammen waren, und sahen sich suchend um.

Silvania rannte zurück. Luna rannte zurück. Und Daka flopste zurück.

PLOMP! stießen sie alle zusammen und purzelten auf den Boden.

„Aij!“, jaulten Silvania und Daka auf.

„Autsch!“, jammerte Luna.

„AAAHHH!“, kreischte jemand.

Die Mädchen rappelten sich auf.

„Wer bist du denn?“, fragte Luna ein blondes Mädchen in einem rosa Glitzerkleid, das sich ebenfalls aufrappelte. Sie waren zu viert zusammengestoßen.

„Greta! Was machst du denn hier?" Silvania erkannte ihre Freundin und umarmte sie.

„Meine Tante Gloria ist hier zur Schule gegangen und hat mich eingeladen, sie zu begleiten", sagte Greta. Ihre Stimme klang etwas verschnupft.

Daka wandte sich an Luna. „Luna, das ist Greta. Gretas Tante heißt Gloria van Dame und wohnt im selben Haus wie unsere Großeltern."

„Greta besucht ihre Tante oft, und wenn wir in Bindburg sind, treffen wir sie", erklärte Silvania weiter.

„Aha", meinte Luna. „Und bist du auch so wie Silvania und Daka?" Luna sah Greta prüfend an.

„Wie meinst du das?", fragte Greta.

„Na ja, hängst du gerne ab, kannst du fl...", begann Luna, doch Daka unterbrach sie und rief: „Flechten! Greta liebt es, Zöpfe zu flechten."

Greta runzelte die Stirn. „Na und? Deswegen bin ich noch lange nicht wie Silvania und Daka."

„Verstehe." Luna grinste. „Also bist du ein normales Mädchen."

Silvania und Daka nickten Luna zu.

„Meine Tante sagt immer, dass ich etwas Besonderes bin. Sehr begabt und so", gab Greta leicht beleidigt zurück.

„Wir sind doch alle besonders!", rief Silvania.

In dem Moment tauchte Frau Knobel bei den Mädchen auf. „Mit euch war ich noch nicht fertig!", schimpfte sie.

„Wer ist das denn?", fragte Greta.

„Huch, nanu, Frau Knobel, nein, immer noch im Schuldienst?", rief auf einmal eine vornehme Dame.

„Das ist meine Tante", flüsterte Greta Luna zu.

„Gloria van Dame!", rief Frau Knobel streng. „Meine Musterschülerin. Nur Ihre Ernährung. Die war mir immer ein Dorn im Auge. Sagen Sie, sind Sie etwa immer noch V...?"

Gloria van Dame nickte. „...Vegetarierin. Natürlich!"

Frau Knobel schnaubte. „Das ist wirklich nicht gut für die Gesundheit!"

„Meine Nichte ist ebenfalls Vegetarierin, sogar meine Katze habe ich auf vegetarische Nahrung umgestellt. Und uns allen geht es fantastisch!“ Gloria van Dame lächelte.

„Aber ich weiß ja, dass Sie schon immer gegen Vegetarier waren.“

„Sie… Sie sind gegen V…“, stotterte Silvania erstaunt.

„Vegetarier?“, ergänzte Daka verblüfft.

„Natürlich. Schon seit Jahren verfolge ich blasse und schlecht ernährte Kinder. Vielmehr deren Eltern“, sagte Frau Knobel.

„Und es hat sich immer herausgestellt, dass es Vegetarier waren?“, fragte Frau van Dame.

„Äh, nein“, gab Frau Knobel zu. „Aber ich finde noch Beweise dafür, dass die vegetarische Ernährung nicht gesund ist. Und der Verzicht auf Knoblauch ist auch nicht gesund.“

„Also haben Sie gar nichts gegen Vampire?“, rutschte es Luna heraus.

„Vampire?“ Frau Knobel lachte schallend. „Wie kommst du denn jetzt auf Vampire?“

„Öh. Wir dachten, Sie hätten etwas gegen Vampire." Daka zuckte mit den Schultern.

„Was sollte ich gegen Vampire haben? Ich bin Mathematikerin und es ist längst wissenschaftlich bewiesen, dass es keine Vampire gibt. Keine geben wird. Niemals gab. Ausgeschlossen. Nur diese ganzen Vampirbücher ... gegen die habe ich etwas."

„Also wir essen gerne Wurst!", rief Daka, bevor Frau Knobel anfangen konnte, über das nächste Thema zu schimpfen.

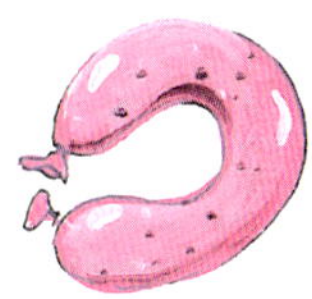

„Am liebsten Blutwurst", fügte Luna hinzu.

„Das ist sehr gut." Frau Knobel nickte. „Ich war fest davon überzeugt, dass ihr Vegetarier seid. Eure Mutter ist ja auch so schrecklich dünn. Beim Tanzen sah es fast so aus, als würde sie fliegen, so dünn ist sie!"

„Oh, ach so!", rief Silvania und kicherte. „*Das* haben Sie gedacht!"

„Ich mache mir eben noch Gedanken um meine Schülerinnen." Damit drehte sich Frau Knobel um und zog beleidigt davon.

„Puh, die sind wir los", seufzte Silvania erleichtert.

Gloria van Dame lachte. „Ach, Frau Knobel ist gar nicht so schlimm. Nur leider riecht sie immer streng nach Knoblauch, findet ihr nicht auch?“

Silvania, Daka und Luna nickten.

„Nun, gut. Ich gehe mal ein wenig herum und schaue, ob ich alte Klassenkameraden treffe. Greta, möchtest du bei deinen Freundinnen bleiben?“, fragte Frau van Dame.

Greta nickte und winkte ihrer Tante zu, die über den Schulhof lief.

Dann wandte sie sich an die Vampirschwestern.

„Was sollte denn das mit den Vampiren?“, fragte sie.

Tanzalarm

„Vampire?“, fragte Silvania.

„Na, ihr habt doch gedacht, Frau Knobel hätte was gegen Vampire?“, beharrte Greta.

Daka grinste. „Es gibt doch gar keine Vampire.“

„Genau!“, rief Luna.

„Schade eigentlich“, seufzte Greta.

„Hä? Wieso denn schade?“, fragte Daka ziemlich verblüfft.

„Vampire sind so romantisch“, meinte Greta. „Ich lese gerade ein Vampirbuch …“

„Ich lese auch gerne Vampirbücher“, bestätigte

Silvania. „Aber in Wirklichkeit sind Vampire gar nicht so romantisch. Die sind eigentlich ganz normal!“

„Hä?“, machte jetzt Greta.

„Äh. Also wenn es Vampire gäbe, wären die bestimmt ganz normal. So … wie mein Vater.“ Silvania zwinkerte Daka und Luna zu.

„Oder so normal wie meine Mutter!“ Luna kicherte.

„Ich finde meine Eltern meistens peinlich“, meinte Greta. „Vor allem, wenn sie tanzen.“

„Oh, njop. Tanzen unsere Eltern etwa immer noch?“, fragte Daka.

„Ich fürchte, ja.“ Greta zeigte auf Mihai und Elvira, die zu einem Rocksong wild ihre Haare schüttelten.

„Mama und Papa tanzen auch immer noch“, stellte Luna fest, als sie Salamina und Timo neben den Eltern Tepes entdeckte, die ebenso verrückt mit ihren Köpfen hin und her wackelten.

„Immer diese peinlichen Eltern!“, sagte eine Stimme hinter den Mädchen.

„Oma Rose!“, freute sich Silvania, als sie ihre Groß-

mutter erkannte, die mit Opa Gustav hinter ihnen stand.

„Was macht ihr denn hier?“, fragte Daka.

„Wir haben die Musik bis auf unseren Balkon gehört und dann hatten wir Lust zu tanzen“, erklärte Oma Rose.

„Echt jetzt?“, staunte Daka.

„Keine Sorge. Wir tanzen nur halb so peinlich wie eure Eltern“, behauptete Oma Rose und zog Opa Gustav mit auf die Tanzfläche, wo sie sofort losleg-ten.

Kurz darauf war die Musik zu Ende und der Sänger kündigte ein Lied an: „Das ist jetzt für alle Gäste, die von überallher zu diesem Fest gekommen sind.“

Silvania, Daka, Luna und Greta sahen sich an.

Die Band schlug ein paar Töne an. Bekannte Töne.

„Meint der uns?“, fragte Luna.

Die Band spielte einen brandneuen Hit aus den Charts, den alle Jungen und Mädchen kannten! Egal ob sie aus Deutschland, Transsilvanien oder von sonst wo herkamen. Einen echten Lieblingssong!

„Der meint uns alle!“, rief Daka und nahm Luna an die Hand. Luna nahm Silvania an die andere Hand und die schnappte sich Greta.

Zusammen rannten sie vor die Bühne und tanzten wild drauflos. Greta hüpfte, Silvania trippelte, Luna hopste und Daka … flopste heimlich. Aber das merkte niemand, denn jetzt tanzten alle Gäste des Schulfestes. Und alle Lehrer und Lehrerinnen. Sogar Frau Knobel. Denn es gibt Lieder, die lieben alle. Vegetarier und Wurstfans. Große, Kleine, Omas, Opas, Tanten, Onkel, Mamas, Papas, Erwachsene, Kinder,

Jungen, Mädchen, Männer, Frauen – Menschen und Vampire. Und vor allem: Halbvampire! Oder einfach: Freundinnen!

„Ich hätte nie gedacht, dass man auf einem Schulfest in Deutschland so viel Fusel hat!“, rief Silvania Daka zu.

„Deutschland ist gar nicht so ublix“, gab Daka widerwillig zu.

„Vielleicht ziehen wir ja mal nach Deutschland“, meinte Silvania.

„Vielleicht." Daka nahm Silvania an beiden Händen und drehte sich mit ihr im Kreis.

Und hoch über den Köpfen der Vampirschwestern flatterten zwei Fledermäuse im Rhythmus der Musik durch die Nacht.

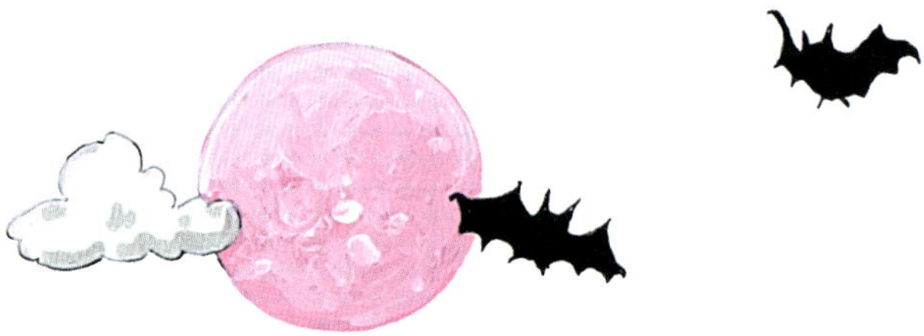

Wörterbuch

Vampwanisch	Deutsch
Aij!	Autsch!
Avantix popolox!	Auf geht's! Los geht's!
Azdio!	Tschüss!
bequemix	bequem
Blax, blix, blux	Bla, bli, blubb
Boi Apetit	Guten Appetit
Boi Fusel	Viel Spaß
boibine, boi	super, toll, schön
Boi Noap	Gute Nacht
coolox	cool
datiboi	danke
definitivo	definitiv
delizioso	lecker
fantazyca	wunderbar, einmalig
Fugli Noap	Nachtflug
Fumpfs	Mist, Kacke
Fusel	Spaß

Gumox	Quatsch
grozliv	schrecklich, schaurig, unheimlich
interessantox	interessant
jenanto	peinlich
kapitox	kapiert
Kneck	Hals
klarox	klar
logix	logisch
moi Miloba	meine Liebe
moi Milobo	mein Lieber
Mompf	Snack, Zwischenmahlzeit
Muffski	Angst, Schiss
Nici doi viati	Nie im Leben
njop	nein, nicht
Njoppi Problemski	Kein Problem
on potschki	ein bisschen
Pompfe!	Hilfe!

rapedadi	schnell, sofort
Rodna	Heimat
ropscho	okay, in Ordnung, na gut
schicksox	schick
Schlotz zoppo!	Ach, du meine Güte!/ Ach, du Schreck!
Schnappobyx!	Prost!
shuspektoi	seltsam, komisch
Skyzati	Entschuldigung
sni	ja
snips	verrückt
snoppen	schwimmen
spuipate	spucken, sich übergeben
Sutzis	Süßen
Transsilvania Rodna Inima moi	Transsilvanien, Heimat meines Herzens
ublix	übel, schlecht
ultimo	sehr, total
Vampyri	Vampire
Vampyra semoi	Halbvampirin
woms	satt

Witzki	Witz
witzkik	witzig
zensatoi futzi	supermegawahnsinns-enormsensationellver-blüffendausgezeichnet

Zählen auf Vampwanisch:

onu	1
zoi	2
trosch	3
ziri	4
fom	5
shoist	6
syto	7
omtje	8
nonce	9
dong	10

Band 5
ISBN 978-3-7432-0322-8

Band 6
ISBN 978-3-7432-0334-1

Aufregung bei den Vampirschwestern: Oma kommt zu Besuch nach Bistrien! Doch irgendetwas stimmt nicht, denn Oma kann sich plötzlich an nichts mehr erinnern und verwechselt alles Mögliche. Dabei müsste sie sich in der Welt der Vampire doch bestens auskennen – schließlich hat sie zwei waschechte Halbvampire als Enkelinnen. Daka und Silvania müssen unbedingt herausfinden, was mit Oma los ist, bevor noch ein Vampir anbeißt und sie als Mensch entlarvt …

Juhu! Oma nimmt die Vampirschwestern mit auf einen nächtlichen Ausflug ins Museum! Doch was ist das plötzlich für ein Geräusch? Ist die Mumie etwa lebendig geworden? Und was hat es mit dem geheimnisvollen Jungen auf sich, der Daka und Silvania auf Schritt und Tritt verfolgt? Bis hoch in den Turm des alten Gebäudes, wo die Vampirschwestern eine echte Überraschung erwartet …

Band 1
ISBN 978-3-7855-8812-3

Band 2
ISBN 978-3-7855-8813-0

Band 3
ISBN 978-3-7855-8814-7

Band 4
ISBN 978-3-7432-0195-8

Silvania und Daka sind Zwillinge –
und echte Halbvampire aus Transsilvanien!
Doch Daka wäre lieber ein Vollblutvampir
und Silvania lieber ein ganz normaler Mensch.
In einem Punkt sind sich die Vampirschwestern allerdings einig:
Ein Leben unter Menschen ist gar nicht so einfach ...

Loewe
Das will ich lesen!